Lendas do bom rabi

Obras do autor

Aventuras do rei Baribê
A caixa do futuro
Céu de Alá
O Homem que Calculava
Lendas do céu e da terra
Lendas do deserto
Lendas do oásis
Lendas do bom rabi
O livro de Aladim
Maktub!
Matemática divertida e curiosa
Os melhores contos
Meu anel de sete pedras
Mil histórias sem fim (2 volumes)
Minha vida querida
Novas lendas orientais
Salim, o mágico

Malba Tahan

Lendas do bom rabi

Ilustrações de Lu Martins

EDITORA RECORD
RIO DE JANEIRO • SÃO PAULO
2011

CIP-BRASIL. CATALOGAÇÃO-NA-FONTE
SINDICATO NACIONAL DOS EDITORES DE LIVROS, RJ

T136L   Tahan, Malba, 1895-1974
         Lendas do bom rabi / Malba Tahan. – Rio de Janeiro: Record, 2011.

         Publicado anteriormente sob o título: Lendas do povo de Deus
         ISBN 978-85-01-09249-6

         1. Conto brasileiro. 2. Lendas judaicas. I. Título.

                                    CDD: 869.93
11-4017   CDU: 821.134.3(81)-3

Copyright © Herdeiros de Malba Tahan

Projetos de miolo e capa elaborados a partir de projeto original de Ana Sofia Mariz

Texto revisado segundo o novo Acordo Ortográfico da Língua Portuguesa

Direitos exclusivos desta edição reservados pela
EDITORA RECORD LTDA.
Rua Argentina 171 – 20921-380 – Rio de Janeiro, RJ – Tel.: 2585-2000

Impresso no Brasil

ISBN 978-85-01-09249-6

Seja um leitor preferencial Record.
Cadastre-se e receba informações sobre nossos lançamentos e nossas promoções.

EDITORA AFILIADA

Atendimento e venda direta ao leitor:
mdireto@record.com.br ou (21) 2585-2002.

Sumário

Aviso aos leitores   11
Ouve, ó Israel   13
Dez anos de *kest*   15
A lenda da embriaguez   24
Resignação   26
A raposa e a vinha   31
Elogio ao silêncio   34
Esposa modelo   37
A corda de areia   41
O rico e o pobre   47
Para o dote de uma noiva   49
Os títulos do candidato   51
Nada tens a pedir   53
A morte do inocente   63
Esposa obediente   65
O leão irritado   67
Jogando xadrez   73
A letra *beth*   75
A paciência do mestre   77
Respeito filial   79

O mendigo na cerca   81
Duas rajadas de vento   83
"Eneno-iudéa"   85
A cabra fatigada   94
A terra que purifica   96
A prata do rabı   98
O exagero da prece   100
O cavalo veloz   103
O judeu e a vaca   105
Hospitalidade para os cavalos   110
Xibolet   112
O nosso inimigo   115
A sombra do cavalo   117
Terra milagrosa   119
O hóspede do homem   124
Um dia antes   125
Amor filial   127
A luz do gueto   129
Do prazo de Deus   136
O cavalo bravio   139
Três coisas   141
O herdeiro legítimo   142
Deus e os ídolos   146
A vida de uma criancinha   148
A conta de Eva   149
Haniná e a lei de Deus   151
O cantar do galo   156
Evita o maldizente   158
O rabi milagroso   160

As provações do justo 166
A alma e o corpo 168
Um prato de lentilhas 171
O advogado da criada 173
O poeta mais lido 175
O sorriso de Aquiba 177
Ladrão que rouba ladrão 179
A má esposa e o cego 181
O pé da mesa 184
O fumo 188
Dos dez para os 12 190
Os dois anjos 198
Treze filhos 200
O rabi e o carpinteiro 201
O dobro da esmola 206
O demônio e a intriga 208
O bom samaritano 214
Humildade 217
Nahum, o "Ginzo" 219
Deus é ladrão 221
Os erros dos justos 223
A língua 225
O diamante do mendigo 227
Respeito pelo trajo 229
Deus é infinito 230
A lasca de lenha 232
Tudo para o bem 233
E para os meus pobres? 236
A mercadoria preciosa 237

Meia fatia de pão   239
Abba Judah, o piedoso   241
O juramento do tratante   244
As joias do rei   246
O anel valioso   247
A letra "A"   249
O cálice dourado   251
A pedra preciosa   252
Princípio fundamental   254
Os dez mandamentos   257
Honras e alegrias   260
Parábola do tesouro   262
As folhas do quicaion   264
O pecado do outro   268
O avarento e o espelho   270
A bolsa perdida   272
O segredo   274
Amor à Terra Santa   276
A escolha da noiva   277
Deus no meio das chamas   278
O pregador e as quinquilharias   280
O filho pródigo   282
Sete vezes mais   283
O ladrão descoberto   286
O sacrifício de Hillel   288
O cocheiro   291
A Torá e os tesouros   292
"Prezai o estrangeiro"   294
O *hassid* esquecido   296

Humildade do rei 297
As culpas da vida 299
Salomão 301
A sentença de Salomão 303
Cântico dos Cânticos 306
O cão morto 309
O braseiro do rio Cedron 311

GLOSSÁRIO 319

Aviso aos leitores

A fim de não sobrecarregar as páginas desta *antologia* com notas elucidativas, incluímos na parte final deste livro um pequeno glossário onde o leitor encontrará os termos, conceitos, ideias e símbolos que exigem explicação especial.

Nesse glossário figuram, portanto, os termos hebraicos ou árabes, as palavras originárias do ídiche, as tradições israelitas, os nomes próprios, as alegorias talmúdicas etc.

No final de cada trecho oferecemos ao leitor breves indicações sobre as fontes talmúdicas, literárias ou folclóricas a que está vinculado o aludido trecho.

As notas com um ou dois asteriscos correspondem a esclarecimentos rápidos e sucintos sobre dúvidas que devem ser elucidadas imediatamente no decorrer da leitura.

Ouve, ó Israel

Ouve, ó Israel, o Senhor nosso Deus é o único Senhor.

Amarás ao Senhor teu Deus de todo o teu coração, e de toda a tua alma, e de todas a tuas forças.

Estas palavras, que eu hoje te intimo, estarão gravadas em teu coração.

E tu as referirás a teus filhos, e as meditarás assentado em tua casa, e andando pelo caminho, ao deitar-te para dormir e ao levantar-te.

E as atarás como sinal na tua mão; e elas estarão e se moverão diante dos teus olhos.

E as escreverás nos umbrais de tua casa e nas tuas portas.

★ ★ ★

Aqui oferecemos aos leitores a primeira parte da prece famosa do ritual israelita. Essa prece é intitulada Schema (ouve). Schema é a primeira palavra do versículo 4, capítulo VI, do Deuteronômio.

Todas as palavras e frases que figuram na Schema são integralmente extraídas da Bíblia (cf. Deuteronômio VI, 4, 5, 6, 7, 8 e 9). Constitui essa prece a parte central do ofício da tarde e também do ofício da manhã. A Schema proclama o princípio da Unidade de Deus, e impõe ao fiel o dever de acolher o Eterno em seu coração, e implantar a verdade de Deus no coração de seus filhos.

Dez anos de *kest*

Interessante seria, meu bom amigo, iniciar este conto, à maneira dos escritores clássicos israelitas, citando cinco ou seis pensamentos, admiráveis, colhidos nas páginas famosas do Talmude. Como me recordar, porém, dos trechos mais belos da Sabedoria de Israel, quando é tão fraca, incerta e claudicante a minha memória? Vem-me apenas à lembrança, neste momento, um velho provérbio muito citado pelos judeus russos: "Quando o homem é feliz, um dia vale um ano."

A verdade contida nesse aforismo é indiscutível. E a história que a seguir vou narrar poderá servir para ilustrar a minha asserção.

Vivia em Viena, há mais de meio século, um jovem chamado Davi Kirsch, filho de um *malamed*, homem prudente e sensato. Davi Kirsch adornava o seu espírito com uma qualidade bastante apreciável; não ousava tomar resolução alguma de certa relevância sem se sentir esclarecido e orientado pelos conselhos dos mais velhos. Quando pensou em casar-se, ouviu de seu judicioso pai a seguinte recomendação:

— Cabe-me dizer-te, meu filho, que deverás evitar qualquer casamento quando no consórcio resultar aproximação, por parentesco, com um *roiter-id*.*

E acrescentou, em tom grave, com a prudência que a longa experiência da vida sói ensinar aos homens:

— Se algum dia, porém, por triste fatalidade, caíres nas garras de um *roiter-id* procura sem demora o auxílio de outro *roiter-id*.

Quis o jovem Davi, com grande empenho, conhecer, mais por curiosidade que por outro motivo, a razão de ser daquele estranho conselho, mas o velho *malamed* se recusou terminantemente a dar, sobre o caso, qualquer explicação, alegando que tinha, para assim proceder, motivos que de consciência não poderia revelar.

Algumas semanas depois, o jovem Davi Kirsch foi procurado por um *schatchhen*, isto é, por um agenciador de casamentos.

Trocadas as saudações habituais — *Scholem Aleichem! Aleichem Scholem* —, o *schatchhen* assim falou, assumindo como sempre um ar de máxima reserva e discrição:

— Como sei que pretendemos resolver do melhor modo possível o problema do teu futuro, com a escolha de uma com-

---

*As palavras originárias do hebraico, do árabe ou do ídiche figuram no glossário que incluímos na parte final deste livro. *Roiter-id*, por exemplo, quer dizer: *judeu vermelho*. Veja o glossário.

panheira digna, quero informar-te de que obtive para o teu caso uma solução admirável. A noiva que tenho em vista é formosa, de família honestíssima e, além do mais, muito culta e prendada.

— E o dote? — indagou Davi grandemente interessado, procurando tocar com a máxima finura naquele assunto tão delicado.

— Quanto ao dote — aclarou logo o *schatchhen*, com um sorriso que traduzia o orgulho de bom profissional — está combinado que será de mil coroas e terás, ainda, dez anos de *kest*!

— Dez anos de *kest*! — repetiu Davi, numa sinceridade de veemente surpresa. — Mas isto é espantoso, inacreditável!

Sou forçado a interromper a presente narrativa para dar ao leitor não judeu, isto é, ao meu bom amigo *gói** um esclarecimento que me parece indispensável.

O *kest* é costume tradicional entre os judeus. O pai da noiva, além do dote (que é de uso também entre os cristãos) concede ao genro, a título de auxílio para iniciar a vida, a permissão de viver durante algum tempo em sua casa, sem fazer a menor despesa, quer com a alimentação, quer mesmo com o vestuário. Esse período, durante o qual o pai da jovem toma a seu cargo a subsistência completa dos recém-casados, é denominado *kest*, e em geral varia de um a três anos. Para um jovem egoísta, sem ânimo para a vida, pouco inclinado ao trabalho, a oferta de um *kest* prolongado constitui uma isca irresistível. Era esse precisamente o caso de Davi Kirsch, indolente como um falso mendigo, amigo da boa vida e do feriado permanente.

---

*Recorra o leitor ao glossário que foi interpolado no final deste livro. Poderá, nesse glossário, obter explicações sobre todos os termos, símbolos e expressões judaicas que aparecem neste livro. Veja, por exemplo, no glossário: *gói*.

Dez anos de *kest*?

Um judeu sensato não poderia hesitar. A cerimônia do noivado, com a clássica apresentação das famílias, foi marcada para alguns dias depois.

Quando Davi Kirsch foi levado à presença da sua noiva, ficou maravilhado; o *schatchhen* não o havia iludido pintando com as cores vivas do exagero os encantos da noiva prometida. A menina era uma judia realmente graciosa, esbelta, cheia de vida, e os dez anos de *kest* emprestavam-lhe ao olhar, ao sorriso e aos lábios todos os ímãs inconcebíveis da beleza. Rébla, a filha do rei de Gorner, não parecera mais sedutora aos olhos do grande Salomão! Dela diria certamente o poeta: "De longe parece uma estrela; de perto, uma flor."

Dolorosa foi, porém, a surpresa do noivo judeu ao defrontar, pela primeira vez, com o futuro sogro. Pela cor fulva dos cabelos, pelas sardas que repintavam o carão avermelhado, era o velho um tipo perfeito e inconfundível de *roiter-id*!

Naquele momento, invadido por negrejante inquietação, recordou-se Davi do conselho que a prudência paterna lhe ditara: "Evitar qualquer aproximação, pelo casamento, com um *roiter-id*"! Mas que fazer naquela dependura? A sua palavra estava dada; ademais, acima de qualquer compromisso, esmagando dúvidas e receios, os dez anos de *kest* constituíam um argumento irrespondível diante do qual desapareciam todos os motivos que militavam contra o consórcio que se lhe afigurava tão promissor.

Pouco tempo depois realizou-se o enlace nupcial e o jovem passou a viver, com sua adorada esposa, o seu belo período de *kest*, em casa do rico *roiter-id*.

"Esse judeu vermelho", pensou Davi, desconfiadíssimo do caso, "alguma peça desagradável prepara contra mim. Custa-me acreditar que ele mantenha essa liberalíssima promessa dos dez anos de *kest*. Naturalmente aqui, em sua casa, terei um tratamento tão vil e humilhante, que nem mesmo um cão seria capaz de aturar, e ao fim de dois ou três meses, é certo, serei forçado, pela situação, a procurar outro pouso e trabalho. Alguma perfídia o meu sogro já planejou contra mim!"

Com grande espanto, entretanto, o jovem Davi verificou que o pai da esposa era de um feitio que desmentia por completo seus temores e desconfianças. O *roiter-id* mostrava-se delicado e afetuoso, e dispensava ao novo genro um tratamento principesco. Fazia multiplicar os pratos saborosos nas refeições, proporcionava passeios agradabilíssimos, dava-lhe roupas finas e enchia-o de presentes valiosos.

"Meu pai não tinha razão", meditava o jovem, refletindo sobre a vida regalada e invejável que desfrutava em casa do sogro. "Que outro marido poderá ser mais feliz do que eu? Rivekelê,* a minha esposa, é encantadora; por longo prazo, sem o menor trabalho, preocupação ou contrariedade, terei, nesta bela casa, mesa sempre lauta, agasalho, carinho e consideração!"

Ao cabo de alguns dias, o velho *roiter-id* chamou o indolente marido da filha e interpelou-o muito sério:

— Dize-me, ó Davi! És, na verdade, feliz na tua nova situação de homem casado e chefe de família?

---

* Diminutivo carinhoso de Raquel.

— Muito feliz, meu sogro — confirmou o jovem, num retraimento de espanto. — Sinto-me, aqui, incomparavelmente feliz!

— Se assim é — tornou gravemente o judeu vermelho, medindo-o de alto a baixo —, se é assim o teu *kest* está terminado!

— Terminado o meu *kest*? — protestou atônito o marido parasita. — Mas se eu estou casado há pouco mais de uma semana! Como pode ser isso?

— Como pode ser? — repetiu o sogro num tom muito sério, tomando uma atitude que irradiava antipatia. — Nada mais simples. Vou provar claramente. Estás casado com minha filha há dez dias. Bem sabes que no livro dos Provérbios encontramos exarada esta sentença: "Quando um homem é feliz, um dia vale um ano." Logo, de acordo com esse tradicional provérbio, estás casado há dez anos! Amanhã, portanto, levarás de minha casa tua esposa e irás para a tua residência. Creio que deverás, também, procurar um emprego, um meio qualquer de vida, pois de mim já recebeste o necessário auxílio, o dote e o *kest* prometidos.

E o nosso herói, diante da imposição do sogro, sentiu-se preso de grande furor. Quis apresentar argumentos que militavam em seu favor, mas o astucioso *roiter-id* se manteve intransigente, e não houve como levá-lo a reconsiderar a resolução que havia tomado, insistindo em afirmar que nada mais fazia senão atender à verdade contida no provérbio: "Quando o homem é feliz, um dia vale um ano."

Não se conformava Davi Kirsch com a ideia de ser obrigado a trabalhar para viver; e a situação a que fora, de repente, atirado envenenou-lhe o espírito com toda as toxinas do rancor. Tinha sido, a seu ver, indigno o proceder do pai de Rivekelê. Prometera-lhe, sob palavra, dez anos de *kest* e depois, por evidente má-fé, baseando-se num idiota brocardo judeu, reduzira o prazo a dez dias! Que tratante! Era um grande velhaco o *roiter-id!* Quando o interesse estava em jogo, sabia transformar um simples provérbio em lei social!

"Meu pai tinha razão", murmurou Davi, recalcando os seus rancorosos impulsos. "Toda razão tinha, meu pai! Pratiquei uma imprudência muito séria, fazendo-me surdo aos conselhos daquele que melhor do que eu deve conhecer a vida e os filhos de Israel!"

E, resolvido a não incidir mais uma vez no erro, o jovem, recordando-se da segunda parte do conselho paterno, foi nesse mesmo dia procurar um conhecido seu, chamado Elias Bloch, também judeu vermelho, e pediu-lhe que indicasse um meio que o permitisse sair da situação crítica em que se encontrava.

O inteligente Elias Bloch atendeu com amabilidade o jovem Davi, e depois de ouvir o minucioso relato da burla do *kest*, expediu uma risadinha seca e maldosa, e respondeu com um relâmpago de inspiração no olhar:

— Não vejo dificuldade alguma em resolver o teu caso. Irás amanhã à casa de teu sogro, e se seguires as minhas instruções sairás vencedor nesse litígio.

No dia seguinte Davi Kirsch, tendo nas mãos um exemplar da Torá — que é o livro da lei entre os hebreus —, foi ter à rica vivenda do seu astucioso sogro.

Depois de saudar o velho *roiter-id* com certa reserva e cerimônia, como se as relações entre ambos estivessem profundamente abaladas, assim falou com teatral entonação:

— Por motivos muito graves sou forçado a vir agora à sua presença. Vou divorciar-me!

Divórcio! Essa palavra para a família judaica representa uma calamidade só comparável às maiores calamidades.

— Estás louco, rapaz! — protestou o velho empalidecendo ligeiramente. — Bem sabes que o divórcio só pode ser obtido segundo a lei de Moisés. Que motivo poderá ser aduzido para justificativa dessa nódoa infamante com que pretendes golpear a minha família?

— Tenho a lei a meu favor — acudiu com altivez o moço. — Como o senhor mesmo declarou e provou, vivi em sua companhia os dez anos de *kest*. Os doutores e rabis não ignoram que o Livro da Lei de Moisés — a Torá — diz com a maior clareza: "Quando a mulher não concebe ao fim de dez anos, o marido pode requerer o divórcio." Ora, eu estou casado há dez anos e não tenho filhos; cabe-me, portanto, segundo a Lei, o direito de repudiar minha esposa!

— Que brincadeira é essa, meu filho! — retorquiu o *roiter-id*, emergindo da sua estupefação e abraçando amavelmente o genro. — Afastemos de nós as ideias tristes, pois já não foi pequeno o susto com que abalaste meu coração de pai. Fizeste mal em tomar a sério o meu gracejo sobre o tal provérbio, dos dias felizes, e, se assim é, fica o dito pelo não dito. Se eu prometi dez anos de *kest* é certo que poderás viver todo esse tempo em minha casa.

E concluiu, com um gesto convencido e superior, passando lentamente a mão pelos cabelos avermelhados:

— Jamais deixei, menino, como um bom judeu, de cumprir a palavra dada.

Conto tradicional israelita. Sobre a figura curiosa do *schalchhen* (o agenciador de noivados), indicamos aos nossos leitores as páginas encantadoras de Scholem Aleichem — *Contes de Tewjé le Laitier*. Convém ler no glossário que acompanha este livro as indicações sobre o divórcio na legislação judaica.

A lenda da embriaguez

Preparava-se Noé para plantar a primeira vinha e eis que surge diante dele a figura negra e hedionda do Demônio.

— Que pretendes plantar aí? — perguntou o Demônio.

— Uma vinha! — informou Noé, encarando com olhar sereno o seu insolente interrogante.

— E como são os frutos que esperas colher, meu velho? — inquiriu friamente o Demo.

— Ora — explicou o Patriarca de bom humor —, são frutos deliciosos, sempre doces. Os homens poderão saboreá-los maduros e frescos ou secos e açucarados. Do caldo desse fruto poderá ser fabricada uma bebida — o vinho — de incomparável sabor. Essa bebida levará alegria e inspiração aos corações dos mortais!

— Quero associar-me contigo no plantio dessa vinha! — propôs o Demônio com certo acinte na voz.

— Muito bem — concordou Noé. — Trabalhemos juntos. Ficarás, desde já, encarregado de regar a terra.

E o Demônio, no desejo de agir pela maldade, regou a terra com o sangue de quatro animais tirados da Arca: o cordeiro, o leão, o porco e o macaco.

Em consequência desse capricho extravagante do Maligno, aquele que se entrega ao vício degradante da embriaguez recorda, forçosamente, um dos quatro animais. Bem infelizes os que se deixam dominar pelo álcool! Tornam-se alguns sonolentos e inermes como um cordeiro; mostram-se outros exaltados e brutais como o leão; muitos, sob a ação perturbadora da bebida que os envenena, ficam estúpidos como um porco. E há, finalmente, aqueles que, depois dos primeiros goles, fazem trejeitos, dizem tolices e saracoteiam como macacos.

Essa lenda é encontrada em R. Tanhuma, 13. Cf. A. Cohen, *Le Talmud*, trad. de Jacques Marti; Payot, Paris, 1933. Cf. Léon Berman, *Contes du Talmud*, Ed. Rierda, 1937, p. 138. Cf. A. Weil — *Contes et légendes d'Israel*, 1928, p. 13. Encontramos no Gênesis este versículo: "E começou Noé a ser lavrador e plantou uma vinha." As lendas relativas à vinha foram coligidas por Meira Pena, *Botânica pitoresca*, p. 415.

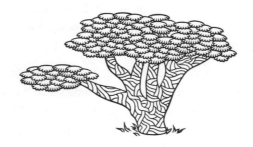

Resignação

*Tristezas do inferno me cingiram, laços de morte
me surpreenderam.
Na angústia invoquei ao Senhor e clamei ao meu Deus;
desde o seu templo ouviu a minha voz, aos seus ouvidos
chegou o meu clamor perante suas faces.*

Davi

Era por um dia de sábado, ao anoitecer. Havia já algumas horas que o Dr. Meir se entretinha na escola pública explicando a Santa Lei a seus numerosos discípulos. Deleitavam-no aqueles estudos e a religiosa atenção com que suas palavras eram ouvidas.

Sua casa, entretanto, durante aquelas fugidias horas, hospedara o luto e a desesperação. Dois de seus filhos haviam morrido quase de repente e, de sua família, só a desolada mãe permanecia para chorar aos pés dos dois cadáveres. Infeliz mulher! Petrificada pela dor, contemplava imóvel aqueles dois corpos amados buscando neles, em vão, alguns indícios de vida; e vinha-lhe à mente o pobre marido que dentro em pouco iria defrontar o tremendo espetáculo. O respeito à vontade divina e a caridade de esposa deram à mísera uma grande força de alma. As maternas mãos estenderam um lençol sobre aquele leito de morte onde os filhos amados repousavam. Cumprido o piedoso mister, a triste mãe passou-se ao quarto vizinho à espera do marido.

A noite descera lentamente. Já estrelas, sem conta, luziluziam pelas alturas sem fim. Volveu a casa o doutor e, apenas transposta a soleira, indagou da sua esposa um tanto perturbado:

— E os filhos?

— Terão ido à escola — respondeu a mulher com voz trêmula e sumida, fitando o céu, evitando o olhar do marido.

— Parece-me que não os vi entre os alunos.

A mulher, sem lhe responder, apresentava-lhe o vinho e o círio para o Avdalá com que implorar as bênçãos do céu para a nova semana.

Cumpriu o doutor o religioso ato e com crescente ânsia bradou:

— Mas e os filhos, mulher!

— Saíram talvez para alguma incumbência familiar.

Isto dizendo punha diante do marido, há longo tempo em jejum, umas fatias de pão.

Provou o doutor um pedacinho e, tendo dado graças a Deus, a quem devemos todos os bens terrenos, exclamou:

— Como tardam hoje os nossos filhos! Sempre, é certo que não sabes nada, ó esposa minha? Por que me pareces tão triste?

— Eu, meu esposo, preciso muito de um conselho teu.

— Que é?

— Ontem um amigo nosso me procurou e deixou sob minha guarda algumas joias. Vem ele agora reclamá-las. Ai de mim! Não contava que viesse tão cedo. Devo restituí-las?

— Ó minha esposa! Essa dúvida é pecaminosa!

— Mas já me afizera tanto àquelas joias!

— Não te pertenciam.

— Mas eu lhes queria tanto bem. Talvez tu também...

— Ó mulher! — exclamou atônito o marido que começava a pensar, com temor, nalguma coisa, estranha e terrível. — Que dúvidas! Que pensamentos! Sonegar um depósito, coisa sagrada!

— É isso mesmo — balbuciava chorosa a mulher. — Muito preciso de teu auxílio para fazer essa dolorosa restituição. Vem ver as joias depositadas.

E as suas mãos geladas tomaram das mãos do atônito marido e conduziram-no à câmara nupcial e ergueram as franjas do lençol fúnebre.

— Aqui estão as joias. Reclamou-as Deus!

Diante daquela visão, o pobre pai prorrompeu em grandíssimo pranto, e exclamou golpeado pela dor:

— Ó filhos meus, filhos de minha alma, doçura da minha vida, luz dos meus olhos, ó meus filhos!

— Esposo meu. Não disseste há pouco que é forçoso restituir o depósito quando o reclama o seu dono legítimo?

Com os olhos marejados de lágrimas o sábio fitou a esposa cheio de admiração e de inefável ternura.

— Ó meu Deus — suspirou. — Posso eu balbuciar alguma queixa contra a Tua vontade? Deste-me, para escudo e consolo de minha vida, uma esposa religiosa e santa!

E os dois infelizes se prostraram a um só tempo, e por entre lágrimas repetiram as santas palavras de Jó:

— "Deus deu, Deus tirou. Bendito seja o seu santo nome!"

Este belíssimo conto figura em *Yalkut*, p. 145. Cf. Léon Berman, op. cit., p. 70. Vamos encontrar essa mesma narrativa em *Mar de histórias* de Aurélio Buarque de Hollanda e Paulo Rónai, numa excelente tradução do erudito rabino Dr. H. Lemle. Procure no glossário as palavras: "Meir" e "Avdalá". Ao relatar o caso, um talmudista acrescenta: "Havia epidemia na cidade e, ao sair de casa, pela manhã, notou o rabi que seus filhos estavam tristes e abatidos." Bem diversa é a forma adotada no livro *O Talmude*, de Moisés Beilinson e Dante Lattes, trad. de Vicente Ragognetti, p. 55.

A raposa e a vinha

*Recompensou-me o Senhor segundo a minha justiça,
retribuiu-me segundo a pureza de minhas mãos.
Porque guardei os caminhos do Senhor; nem
pecando me afastei do meu Deus.*

Davi

Uma raposa se pusera a namorar avidamente uma vinha tão bem cercada que não havia brecha por onde entrasse. Deu voltas e mais voltas, até que topou com um resquício da cerca entre os moirões. Lança-se por ele, impetuosamente, mas era tão estreito que mal pôde insinuar a cabeça. Esforça-se daqui, tenta dali, mas tudo em vão. Veio-lhe, então, à ideia um plano singular: "Se eu pudesse", monologava ela, "emagrecer bastante passaria por esta brecha." Resolvida a vencer a prova, submeteu-se a um estranho teor de vida: ficou três dias sem provar alimento, e pôs-se tão fina e magrinha que mais parecia um palito. Toda ancha com o sucesso, esgueira-se pelo delgado vão e entra radiante na vinha. Ali pôde pagar-se de tudo quanto sofrera e passou alguns dias na mais regalada abundância.

Chegado o tempo de sair, receosa dos donos do vinhedo que não podiam tardar, corre à brecha por onde entrara e tenta meter-se por ela. Aconteceu, porém, que a infortunada, naqueles poucos dias de regabofe, engordara tanto que não mais cabia ali.

Mais triste do que um mocho, desiste do intento e resolve repetir a provação por que passara, pondo-se de novo em rigoroso jejum até que, novamente magra como um esqueleto, lhe foi possível safar-se pelo agulheiro. Estava, porém, tão fraca e debilitada que parecia um cadáver.

Livre daquele cativeiro, olhou melancolicamente para a vinha e disse-lhe: "Adeus, não me apanharás mais. És sedutora e deliciosa. Tens, em abundância, frutos saborosos, mas que importa? De ti saio, como entrei."

Assim o homem em relação aos prazeres efêmeros da vida terrena.

Ensinava o sábio Rabi Meir: O homem quando nasce tem os braços estendidos para a frente, como se dissesse: "É meu o mundo. Todo mundo é meu!" Quando morre, os traz ao longo do corpo, como a prevenir os que se aferram aos bens materiais: "Nada levo deste mundo. Deixo da vida o que a vida me deu!"

Esta interessantíssima fábula da raposa é narrada em Midrasch, p. 98, 2. Sob o título *La Vie* podemos admirá-la numa versão um pouco diferente em *Contes du Talmud*, de Léon Berman, p. 90. É atribuída ao Rabi Gniva, do século III, conforme Koheleth Rabba, parte I.

Elogio ao silêncio

O silêncio é preferível à loquacidade; morre do mal do silêncio, mas evita o perigo da loquacidade. Saber calar é virtude cem vezes mais rara do que saber falar.

Rabi Azai, o sábio, viajava pelo Irã em companhia de vários discípulos. Em certo momento, um mercador persa, que vinha na caravana, tomado de cólera, por um motivo fútil, entrou a vociferar contra os israelitas. Um dos discípulos disse ao mestre:

— Vamos ó rabi, responde com energia a esse homem. Insulta-o por nós. Ele fala em *valaat* e tu conheces muito bem esse dialeto!

Retorquiu o douto Azai:

— Sim, meu filho, aprendi a falar o *deri*, o *galani* e o *valaat*, mas aprendi também a ficar calado em *valaat*, em *deri* e em *galani*. É o que vou fazer. Guardar silêncio nesses três dialetos persas. — E acrescentou imperturbável, anediando as longas barbas brancas que lhe caíam sobre o peito: — Seria insensatez trocar injúrias com um exaltado, que deblatera como um louco e que nem sabe o que está dizendo.

Pelo silêncio, podes ter um desgosto, mas a loquacidade semeará a estrada de tua vida de mil e um arrependimentos. Uma palavra irrefletida é, amiúde, mais perigosa do que um passo em falso.

Guarda a tua língua, como guarda o avarento a sua riqueza. A natureza, que nos deu um só órgão para falar, nos forneceu dois para ouvir. A inferência é óbvia. Forçoso é concluir que havemos de ouvir duas vezes e falar uma só.

Conta-se que um árabe ingressou numa comitiva em que todos eram barulhentos e discutidores e guardou longo silêncio. Um dos companheiros lhe segredou:

— Consideram-te como um dos mais nobres da tua tribo. Sei agora o motivo. És silencioso e discreto.

Replicou o islamita:

— Meu irmão, o nosso quinhão de ouvidos nos pertence; as palavras afoitas e levianas que proferimos pertencem aos outros. — A palavra que ficou pendente, pelo silêncio, em nossos lábios, é vassalo pronto a nos servir; a que proferimos leviana e inoportunamente é algoz atento em nos escravizar.

O sábio e judicioso Simeão, filho do Rabi Gamaliel, doutrinava:

— Passei a vida entre sábios e nada achei melhor do que o silêncio. O essencial não é estudar, é fazer. E quem fala demais abre, em sua vida, portas e janelas para o pecado. (Aboth, 1, 17).

Ainda no Talmude podemos sublinhar esta sentença: "Quando falares, fala pouco, pois quanto menor for o número de palavras tanto menos errarás."

E no Livro de Israel destaca-se, também, este aviso ditado pela Prudência: "Quando falares de noite abaixa a voz; e, quando falares de dia, olha primeiro à roda de ti."

Se a palavra vale uma *sela*, o silêncio valerá duas.

As moedas mais ambicionadas são, precisamente, as que encerram, em pequeno volume e diminuto peso, grande valor. Assim, a força e a beleza de um discurso consiste no exprimirmos, em poucas palavras, verdade profunda e conceitos magistrados.

O Tzartkover (morto em 1903) deixou de pregar na sinagoga durante longo período. Interrogado sobre essa atitude respondeu: "Há setenta maneiras de rezar a Torá: uma delas é o silêncio!"

Aqui reunimos as sentenças e conceitos mais interessantes sobre o silêncio ditados pelos rabis e pelos doutores israelitas. Alguns desses ensinamentos são do Talmude. Assim o provérbio — "Se a palavra vale uma *sela*, o silêncio vale duas" — aparece em Magilla, 19ª. *Sela* é o nome de antiga moeda da Palestina.

Esposa modelo

...e aonde quer que tu fores irei eu; onde quer que pousares à noite, ali pousarei eu; o teu povo é o meu povo, e o teu Deus é o meu Deus.

O Livro de Rute 1, 16

Havia em Sidon, em época esquecida nas brumas do passado, uma mulher chamada Raquel. Era boa, paciente e simples. Casou-se muito jovem e viveu dez anos em perfeita harmonia com o marido. Dez anos esteve casada sem ter o lar alegrado com a presença de um filho.

Ora, o Livro de Moisés, em relação aos casamentos estéreis, não deixa margem para a menor dúvida: "Quando a mulher não concebe ao fim de dez anos, pode o marido requerer o divórcio." E o divórcio é, portanto, imposto em face da Lei.

O grande ideal de Raquel era ter vários filhos, ou ao menos um filho. Mas esse filho tão desejado não veio.

Decorridos os dez anos e mais dez dias, o marido, bastante constrangido, disse à meiga Raquel:

— Há dez anos, querida, estamos casados e não recebemos, até agora em nosso lar, a bênção de um filho. Triste, bem triste será para mim morrer sem deixar sobre a terra um herdeiro de meu nome! Que fazer, querida?

Raquel não respondeu. Seus olhos encheram-se de lágrimas. Amava o marido e sabia que era amada, muito amada por ele. Com o espírito dilacerado de aflição, disse-lhe com sua voz aveludada e branda:

— O caso é simples. Vamos procurar o Rabi Simeão. Ele decretará hoje mesmo o nosso divórcio.

Encaminhou-se o casal para a residência do famoso Rabi Simeão ben Yohai, que o povo apelidara "o muito sábio".

A alegação do marido era irretorquível diante da Lei. A boa Raquel sabia e já estava conformada com a sua triste sorte.

Rabi Simeão, sereno e melancólico, depois de ouvir os cônjuges, condicionou:

— A vossa união (lembro-me bem!) foi celebrada com um banquete; exijo que da mesma forma seja celebrada a vossa separação.

E, voltando-se para o marido, acrescentou num tom repousado e firme:

— Imponho, entretanto, uma condição. Terminado o banquete, terá Raquel a liberdade de escolher, em tua casa, e levar para a casa de seu pai aquilo que for mais precioso para ela. Concordas?

— Sim, concordo — aquiesceu o marido.

Realizou-se o imponente "banquete da separação". Muitos eram os convidados; deliciosos os vinhos e apetitosos os manjares.

Já bem tarde o marido disse à esposa:

— Vamos, querida. Escolhe logo a joia que mais ambicionas e leva para a casa de teu pai. Não te esqueças do que prometeste ao rabi.

— Ainda é cedo — desculpava-se Raquel, afogada numa tristeza passiva. — Deixa-me gozar, durante mais alguns instantes, da tua companhia e da companhia de teus amigos.

Decorrido algum tempo, o marido já estonteado de sono insistia:

— Já escolheste, querida? Leva aquilo que mais te agradar: joias, móveis, alfaias — não importa. Leva (já disse) aquilo que mais te agradar.

— Ainda não escolhi, meu amor.

E em seus olhos, sempre tão meigos e serenos, se percebia um misto de ansiedade e de dor.

Ao romper da manhã, e ao findar da festa, o marido, vencido pela fadiga, adormeceu pesadamente.

Que fez a diligente Raquel? Chamou os servos e disse-lhes com fugitivo rubor no rosto:

— Levem meu marido, assim como está, sem despertá-lo, para a casa de meu pai.

Quando o marido acordou, inteiramente alheio ao que havia ocorrido, perguntou à esposa:

— Onde estou eu?

A dedicada Raquel esclareceu com o mesmo sorriso resignado e triste:

— Estás em casa de meu pai.

— E por que vim para aqui? — estranhou ele, esmagado pela violência da surpresa.

Feita uma pausa indicativa de embaraço, esclareceu a bondosa Raquel com a requintada meiguice que resplandecia em seus olhos formosamente azuis:

— Aceitaste a condição do rabi e determinaste que eu escolhesse o que de mais precioso para mim havia em tua casa e trouxesse comigo para o lar de meu pai. Ora, para mim, nada há no mundo de mais precioso do que o meu marido. Foi, pois, a ti, unicamente a ti, que eu escolhi!

Sentiu o jovem tocado no mais íntimo da alma pela dedicação e pela doçura de sua esposa. Nesse mesmo dia o casal voltou à presença do rabi. E o marido declarou enternecido, mas numa firmeza inabalável:

— É esta a minha esposa, ó rabi! É esta a companheira ideal de minha vida! Não deixei, um só momento de querê-la, de amá-la muito! Com filhos, ou sem filhos — não importa — só a morte nos poderá separar!

Este delicadíssimo conto, joia romântica da literatura judaica, aparece em *Yalkut*, p. 4. Cf. R. Cansino-Assens *Las bellezas del Talmud*, p. 143. É interessante confrontar a versão que oferecemos com Shir ha-Shurin Rabath, I, 4 apud Lewis Browne, *A sabedoria de Israel*, trad. de Marina Guaspari, Ed. Pongetti, 1947, p. 245. Sobre a questão do divórcio (findos os dez anos do casamento estéril), convém ler na Torah-Jabanoth, 6, 6. Veja-se a curiosa e delicadíssima versão dada a essa mesma página pelo famoso escritor Lafcadio Hearn em seu livro *Feuilles éparses de litteratures étranges*, trad. de Marc Logé, 1932, p. 365. O conto é, para alguns talmudistas, atribuído a um certo Rabi Idi.

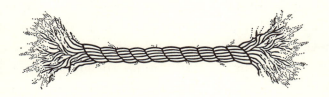

A corda de areia

Lembro-me muito bem. Foi ao cair da tarde. O céu estava brusco e o ar pesado e imóvel. O sábio e judicioso Rabi Haggai chegou, sentou-se no terceiro banco, à esquerda, passou lentamente o lenço pela testa e, voltando-se para os jovens discípulos que o aguardavam ansiosos, narrou o seguinte:

— Conta-se que existiu, outrora, um país rico e próspero, chamado Kid-Elin. (Leia assim: *Qui-de-lin* — E não esqueça esse nome tão sonoro e simples.) As caravanas que percorriam as estradas de Kid-Elin encontravam largas faixas de terras férteis e cultivadas.

A mocidade de Kid-Elin, inspirada pelo Demônio, tornou-se, entretanto, agressiva, pretensiosa e má. Corrompida e envilecida pelo Mal, encheu-se de rancor e despeito contra os velhos.

— A velhice entrava o progresso! — proclamavam os mais exaltados. — Este belo país entregue aos moços será mil vezes mais forte, mil vezes mais feliz e glorioso!

O espírito surdo de revolta foi se apoderando dos jovens. Que lástima (diziam) esse governo decrépito de anciãos! Que lástima!

Não se sabe como, mas a inominável desgraça ocorreu. Precipitaram-se os acontecimentos. Por todos os recantos surgiam fanáticos e conspiradores.

— Eliminemos os velhos! Acabemos com essa senilidade inútil!

É triste relatar. Que nódoa para o mundo, que ignomínia para a História! A mocidade de Kid-Elin, presa de terrível e hedionda alucinação, exterminou todos os velhos.

Todos, não. Houve um que se salvou da hecatombe. Vivia em Kid-Elin um rapaz chamado Zarman que tinha por seu pai (homem bastante idoso) uma grande, nobre e sincera afeição. E, no dia da execrável revolta, escondeu o velho no fundo de um subterrâneo livrando-o, assim, de cair em poder dos revoltosos homicidas. Para Zarman, a vida de seu pai era um segredo que ele não ousava revelar a ninguém.

Voltemos, porém, à nossa narrativa. Exterminados os velhos, o país de Kid-Elin passou a ser governado unicamente pelos moços alegres e inexperientes. Para o cargo de presidente da República elegeram um jovem de 22 anos; o ministro mais amadurecido pela idade não completara 18 anos; vários generais não passavam de adolescentes; o Supremo Tribunal foi entregue a um mancebo de 20 anos incompletos; da direção do banco nacional encarregou-se um novato que, precisamente no dia da posse, festejava sua 15ª primavera!

Os juvenis governantes de Kid-Elin proclamaram com alvoroço a vitória:

— Eis o único país do mundo que não tem velhos! Aqui é a mocidade que governa, resolve e desresolve!

Certas notícias correm pela terra com a rapidez do relâmpago pelo ar. No fim de poucas semanas recebia o mundo a informação do movimento de Kid-Elin.

— Kid-Elin é o país dos jovens! Vamos todos para Kid-Elin.

E as estradas se encheram de turistas e curiosos que iam em busca da nova República.

Para empanar a esfuziante alegria dos jovens senhores de Kid-Elin, verificou-se um fato profundamente inquietante e desagradável. De Beluan (reino vizinho) foi enviada aparatosa embaixada constituída de técnicos, jurisconsultos e economistas. Essa embaixada, ao chegar, procurou o jovem presidente da República e o fez ciente de sua espinhosa e delicada missão. Tratava-se, apenas, do seguinte: o reino de Beluan, por seus legítimos representantes, exigia dos moços a devolução imediata de todas as terras que se estendiam para além do rio Helvo.

E o chefe da embaixada se exprimiu em termos bem claros, sem poesia e sem retórica:

— O governo beluanita, firmado em seus direitos, exige a entrega imediata do território em litígio. Temos um tratado, nesse sentido, com Kid-Elin. Aqui estão os documentos.

O presidente, os ministros e magistrados de Kid-Elin examinaram os títulos e as escrituras. Tudo parecia claro, líquido, insofismável. A república de Kid-Elin era obrigada a entregar ao seu poderoso vizinho (em virtude de um acordo feito vinte anos antes) léguas e léguas de uma terra dadivosa e rica!

Que fazer? Seria a ruína para o país! Seria a desgraça para os juvenis!

Foi então que o jovem Zarman (que era o ministro do Exterior) teve uma inspiração. Lembrou-se de seu velho pai.

— Vou consultá-lo sobre esse caso — pensou. Meu pai, com a experiência que tem da vida, saberá descobrir uma solução para essa questão das terras do rio Helvo.

E o dedicado Zarman tomou da palavra e disse ao presidente, aos ministros e aos embaixadores:

— Vou meditar sobre a inopinada e grave reclamação de nossos vizinhos. Estudarei os documentos apresentados e amanhã darei o meu parecer sobre essa grave demanda.

Correu Zarman ao subterrâneo secreto em que vivia seu pai e o fez sabedor de tudo o que ocorria.

— É singular — ponderou o velho. — Nunca se viu, meu filho, sob o céu que cobre o mundo, tamanho atrevimento e tamanha desfaçatez! Como ousam esses incríveis beluanistas exigir a entrega das terras banhadas pelo Helvo? É o cúmulo do cinismo e da sem-vergonhice! Julgam, certamente, que só há moços neste país!

— Que devemos fazer, meu pai? A documentação por eles exibida parece clara e irrespondível!

Retorquiu o ancião imperturbável num metal de voz em que latejava mal contida ira:

— Parece, mas não é. Repontam, nesse caso, aparências, forjadas pela má-fé, para ocultar a verdade.

E ajuntou, depois de alguns segundos de recalcado silêncio, como se uma inspiração o iluminasse:

— Amanhã, meu filho, receberás com acintosa serenidade os arrogantes embaixadores de Beluan e a eles dirás, com absoluta firmeza, o seguinte: "A nossa república de jovens está resolvida a devolver o território por vós reclamado. Exige, porém, que o reino de Beluan cumpra, na íntegra, com seus compromissos e devolva intata a corda de areia."

— Corda de areia? — estranhou o moço, roído de curiosidade. — Que quer dizer isso meu pai? Em que consiste essa corda de areia?

— Mais tarde, meu filho — afiançou o velho, encolhendo os ombros —, mais tarde entrarás também de posse desse grave e precioso segredo. Por ora é cedo. Segue o meu conselho, e tudo estará resolvido para o bem de nossos patrícios!

Cega era a confiança que o diligente Zarman depositava no pai. No dia seguinte recebeu a embaixada reclamante, e na presença do presidente, dos ministros, dos magistrados, dos generais e dos altos funcionários (eram todos muito jovens), repetiu fielmente as palavras que ouvira do ancião:

— A república de Kid-Elin está resolvida a devolver o território por vós reivindicado. Exige, porém, que o reino de Beluan cumpra na íntegra com seus compromissos e devolva intata a corda de areia!

Ao ouvirem tal sentença, os embaixadores beluanistas mostraram-se alarmadíssimos. Aquela exigência final, expressa pela devolução da "corda de areia", caiu como uma bomba no meio deles. O chefe da embaixada ficou pálido e trêmulo. E depois de trocar algumas palavras, em voz baixa, com seus conselheiros e ajudantes, assim falou de rompante com nervosa decisão:

— Desistimos de nosso pedido. Podeis conservar, para sempre, o território do Helvo, com todos os seus campos e searas.

Nesse ponto, fez o estrangeiro uma pausa, concentrou-se um momento, e logo ajuntou com voz estorcegada, cortante de ironia e rancor, sacudindo o busto com dureza:

— Cabe-me, entretanto, desmentir as notícias propaladas pelos vossos agentes e emissários. Posso jurar que a república dos jovens não existe. Tudo mentira! Há velhos, ainda, neste país!

Mas, afinal, o que significa isso: corda de areia?

Eis o segredo que o tempo — e só o tempo — se encarregará de revelar aos jovens. A velhice é um tesouro. Tesouro de sabedoria, clarividência e discrição. Sem o amparo seguro da velhice, a parcela jovem da humanidade estaria perdida e extraviada pelos descaminhos da vida. É a velhice que sabe onde encontrar essa maravilhosa corda de areia que liga o passado ao presente e enlaça o presente com o futuro.

E o bondoso e paciente Rabi Haggai repetia quarenta vezes falando aos discípulos atentos:

— Lembrai-vos, meu jovens amigos, lembrai-vos sempre da corda de areia.

Trata-se de adaptação de belíssima lenda do folclore romeno registrada por Petru Ispirescu. Apresentamos segundo a narrativa que nos foi feita pelo jornalista e escritor israelita Nélson Vainer.

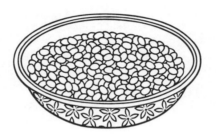

O rico e o pobre

Dois judeus, um pobre e um rico, aguardavam a hora de consultar um famoso *zaddik*. O rico foi admitido primeiro e sua audiência durou bem mais de uma hora. E o pobre, recebido afinal depois daquela longa espera, teve apenas alguns minutos de atenção.

— Rebe, isso não é justo! — bradou ele, numa tentativa de protesto, com uma flama no olhar.

— Idiota! — repreendeu o *zaddik*, todo ufano com um leve requebro da cabeça. — Quando entraste, percebi, à primeira vista, o quanto és pobre, resignado e sofredor; mas tive de escutar o outro uma hora inteira para descobrir que ele é muito mais pobre e bem mais infeliz do que tu.

Este episódio anedótico pode ser lido em Lewis Browne, op. cit., p. 497. "Vários *zaddikins*", observa Browns, "se revelaram homens de alto valor: sérios, bondosos e, na sua ingenuidade assombrosa, dotados de uma sabedoria profunda." A anedota "O rico e o pobre" põe em justo relevo a presença de espírito de um engenhoso *zaddik*.

Para o dote de uma noiva

Quando o Rabi Simchah Bunam era moço, um de seus amigos retirou certa quantia do depósito instituído com o fim de reparar os estragos sofridos pelos livros da sinagoga e a deu a um homem muito pobre que angariava subsídios para casar e amparar noivas sem dote. O fato se divulgou e os depositários intimaram o doador a comparecer a uma audiência. O acusado confiou sua defesa ao Rabi Bunam.

Arvoraram-se em juízes do acusado vários figurões da cidade, que não gozavam de boa fama. A integridade moral desses figurões era posta em dúvida por muitos motivos. O jovem Bunam, ao defrontar-se com os julgadores, sendo convidado a falar narrou a seguinte fábula:

— Houve, certa vez, terrível epidemia entre os animais da floresta. Muitas vidas foram ceifadas. O leão, o tigre, o lobo e a raposa se reuniram em conferência; a raposa, fazendo-se passar por inspirada do céu, formulou a opinião de que a peste era consequência de hediondo pecado cometido por um dos habitantes da mata. Alvitrou, pois, que se reunissem todos e cada qual confessasse as suas faltas e iniquidades. Os animais ferozes relataram friamente todas as maldades, perversidades e torpezas praticadas, e as suas mentirosas desculpas foram aceitas sem protestos. Apareceu, afinal, um tímido carneiro. Convidado a depor perante o tribunal, revelou aos juízes que roera umas palhas secas do colchão de seu dono. "Ahn!", rosnou o leão. "És um grande pecador, carneiro miserável! Abusaste da confiança do teu amo. Aquele de quem recebeste o pão e o teto foi por ti arruinado! E com esse teu negro pecado fizeste recair sobre nós o castigo do céu." E o infeliz carneiro foi condenado à morte.

"Vós, *reb* Leo", continuou Rabi Bunam, no mesmo tom, dirigindo-se a um dos juízes — sois culpado de impiedade; reb Baer, que vejo ali, é acusado de traição; reb Wolf, que ostensivamente se prepara para ditar sentenças, deixou, por egoísmo e avareza, um filho morrer na miséria. Graves crimes pesam sobre vós e ousais, no entanto, constituir-vos em tribunal contra um homem de bem, que pediu dinheiro emprestado para uma obra meritória?

Todos os presentes se sentiram envergonhados e deixaram o tribunal, logo a seguir, sem pronunciar sentença contra o acusado.

O episódio intitulado "Para o dote de uma noiva" encontra-se em Lewis Browne, op. cit., p. 500. Incluiu Browne essa pequena e expressiva ilustração entre as máximas do *Parsicharer*, designação dada ao Rabi Simchah Bunam, *zaddik* de prestigiosa fama, falecido em 1827.

Os títulos do candidato

Certo rapaz, sem grandes predicados, apresentou-se ao *Riziner* (morto em 1850) e manifestou o desejo de ser ordenado rabi. O *Riziner* interrogou sobre a sua maneira de proceder, sobre suas predileções, e o candidato, com pueril volubilidade, alegou a seu favor os seguintes títulos:

— Visto-me sempre de branco; só bebo água; prego cravos no meu calçado para me mortificar. E faço mais ainda: deito-me despido na neve e mando o zelador da sinagoga me dar, todos os dias, quarenta chicotadas nas costas.

Nisso um cavalo branco entrou no pátio, bebeu água e se estirou no chão coberto de neve.

— Repara — aconselhou o Riziner, batendo no ombro do jovem. — Repara! Aquele animal que ali está é branco, bebe só água, tem cravos nas ferraduras, deita-se na neve e apanha mais de quarenta chicotadas por dia. Entretanto, não passa de um simples cavalo.

Esta narrativa aparece em Lewis Browne, op. cit., p. 502. Para muitos educadores, a advertência rude e indelicada do *Riziner* não pode servir de modelo. Reveste-se de certa grosseria, e longe de educar, avilta o discípulo e o aniquila mortalmente. É dever do mestre respeitar o aluno apesar de todos os erros e puerilidades ditados pela ignorância ou pela inexperiência da vida.

Nada tens a pedir

O justo florescerá como a palmeira; como o cedro do Líbano crescerá.

DAVI

Vindo em sentido contrário ao nosso, aproximou-se um ancião que se arrastava penosamente, apoiado em um grosseiro bastão. Menos pelos andrajos que lhe cobriam o corpo do que pela fisionomia triste, abatida, podia o observador vulgar perceber que o pobre velho trazia sobre os ombros o peso de uma vida cheia de sofrimentos e desenganos.

Sensível à angústia alheia, levei, quase maquinalmente, a mão à algibeira, onde, pela graça de Deus, sempre encontrei uma moeda com que socorrer o infortúnio que esmola nas vias públicas. O jovem Davi Cohn, que vinha a meu lado, ao dar tento no meu gesto me tocou de leve no braço e disse-me em voz baixa:

— Não, meu caro góim! Não penses em dar teu generoso óbolo a esse mal-aventurado ancião!

A surpresa que me causou aquela estranha advertência não passou despercebida ao meu companheiro. Que motivo teria ele, afinal, para evitar que eu socorresse o trôpego e senil mendigo? Estaríamos acaso diante de um desses charlatães que se disfarçam com sórdidos andrajos para explorar a caridade pública?

E, no momento em que eu pretendia interrogá-lo sobre o caso, Davi Cohn tirou respeitosamente o chapéu e dirigiu-se, em ídiche, ao esfarrapado desconhecido, uma saudação solene como se tivesse diante de si o grão-rabino ou um dos doutores da sinagoga.

Pelas barbas de todos os profetas! Aquele pobre-diabo que acreditava ser um mísero pedinte era, por certo, um dos judeus mais ilustres da cidade...

E, entretanto que o velho se afastava no seu andar pesado e claudicante, punha-me eu a meditar naquele mistério que lhe circundava a fantástica existência. Vivia na penúria e não podia valer-se da caridade alheia!

— Adivinho e justifico a tua curiosidade — disse-me, por fim, o meu companheiro. — Queres com certeza, saber quem é esse pobre velho que eu acabo de saudar com tanto acatamento. Vou contar-te o que ouvi há três anos, de um sábio talmudista:

★ ★ ★

Dois meninos, Samuel e Nathan, quando ainda frequentavam os bancos escolares, ligados pelos laços da mais terna amizade, fizeram um pacto solene: aquele que algum dia se achasse em situação próspera seria obrigado a auxiliar o outro.

Unidos, assim, por esse mútuo juramento, atiraram-se na luta incerta pela vida.

Amontoaram-se os dias; sucederam-se os meses; correram os anos.

Nathan, beneficiado por uma herança, estabeleceu-se no comércio e, bafejado por bons ventos, enriqueceu. Samuel, entretanto, não foi feliz. Tentou vários meios de vida, mas sem resultado. Os contratempos da má sorte pareciam não querer se afastar da soleira da sua casa.

Ocorreu a Samuel a aliança feita sob a égide do teto colegial, vindo-lhe a lembrança pedir o auxílio do antigo condiscípulo, que era então um dos mais fortes comerciantes da cidade.

Com decepcionante espanto ouviu de Nathan a mais formal e impiedosa recusa.

— Não me lembro de ter feito pacto algum contigo, e teria sido leviandade, se não estultícia, assumir tão estúpido compromisso, que o mais rudimentar bom senso repele e anula. Certo estou de que essa invencionice não passa de um plano mal alinhavado com que pretendias extorquir de mim algum dinheiro. Nesse ponto, porém, estás completamente iludido, e não levas nem meio copeque.

O procedimento desleal e egoísta de Nathan abalou profundamente o espírito de Samuel. Jamais poderia ele imaginar que seu amigo se houvesse daquele modo indigno e revoltante, negando com tamanho cinismo um ajuste feito sob a invocação do Eterno e transformando tão ingênuo movimento de seu coração num propósito que só ditam caracteres denegridos pela baixeza e pela desonra.

★ ★ ★

O destino encerra, porém, as sábias lições que Deus procura transmitir aos homens.
Com o andar dos meses modificou-se por completo a situação econômica dos dois amigos.
Auxiliado por um sócio inteligente e dedicado, Samuel conseguiu realizar grandes negócios e ganhar muito dinheiro. Nathan, em consequência de um naufrágio, ficou de um momento para o outro atirado à mais completa miséria e crivado de dívidas. Lembrou-se, nessa conjuntura, do pacto firmado entre ele e Samuel e resolveu apelar para o amigo.
O bom Samuel o recebeu com simpatia e disse logo:
— Não poderia jamais esquecer, amigo Nathan, o pacto que fizemos, sob tão feliz inspiração. Asseguro-te que empregarei os maiores esforços e não medirei sacrifícios para auxiliar-te.
E o generoso Samuel convidou Nathan a vir com a família hospedar-se em sua casa durante aquele período de crise.
Certo dia, com aceso interesse, Nathan procurou Samuel:
— Apresentaram-me esplêndida oportunidade e quero valer-me dela. Preciso de oitenta rublos para uma transação urgente. Podes emprestar-me essa quantia?
— Com o maior prazer — aquiesceu Samuel, com afável serenidade.

E Nathan prontamente obteve do prestimoso amigo o dinheiro de que precisava.

★ ★ ★

Dez anos depois, o quadro da vida de ambos sofria nova e radical transformação.

Impelido por uma aragem de sorte, tornara-se Nathan um dos mais ricos banqueiros da Polônia, e Samuel, tendo fracassado em várias empresas, se achava novamente a braços com a mais negra miséria.

E o pobre Samuel pensou:

"Dessa vez Nathan não deixará de auxiliar-me, pois já teve ocasião de valer-se do pacto que existe entre nós."

Depois de várias tentativas malogradas, conseguiu, afinal, chegar à presença do próspero banqueiro.

Ao ouvir falar no pacto, Nathan, amordaçando pela segunda vez a consciência, atirou à cara do amigo estrepitosa e humilhante gargalhada:

— Já não é nova essa léria, meu velho. Voltas a esse plano idiota de obter dinheiro. Pacto! Pacto! Forte asneira! Como poderia eu comprometer o meu futuro com um pacto dessa natureza? Julgas-me, então, algum imbecil disposto a emprestar dinheiro a negociantes falidos e arruinados?

Samuel, ao perceber que Nathan se fazia de esquecido, cortou-lhe o aranzel dizendo-lhe, num desabafo:

— Já que a tua memória é fraca e mais fraca a tua dignidade para conservares os compromissos e as dívidas de honra, vê se te lembras, ao menos, de que me deves a quantia de oitenta rublos que de minhas mãos recebestes, a título de empréstimo, quando vivias, a minha custa, com tua família, em minha casa.

— Estás delirando, Samuel — atalhou Nathan com um sorriso amarelo nos lábios, sacudindo os ombros, enfadado.

— Quem poderá crer que um banqueiro milionário haja recebido dinheiro emprestado de um pobre-diabo como tu! É de assombrar a pieguice da ideia! Peço-te que não me apareças mais, pois não disponho de tempo a perder com conversa fiada.

★ ★ ★

Tão abalado ficou Samuel com a infame conduta de Nathan que adoeceu gravemente e, ao cabo de poucos dias, a Morte vinha buscá-lo como se o quisesse livrar dos grandes desgostos e amarguras que lhe acabrunhavam a existência.

A alma de Samuel — reza a lenda —, levada para o Céu, foi ter à presença do profeta Elias.

— Samuel — proferiu o profeta —; foste sempre na vida um homem justo e bom. Cabe-te, pois, pela vontade do Eterno, uma recompensa no Céu. Podes formular, se quiseres, o pedido de algum bem a ser realizado no mundo, entre os teus amigos e parentes. Fala, Samuel, e o Eterno ouvirá a tua voz.

Surpreendido por aquelas palavras, respondeu Samuel numa inflexão alta e resoluta:

— Senhor, eu nada fiz para merecer tão grande recompensa da misericórdia do Santo. Julgo, entretanto, que me ocorre o dever de aproveitar a oportunidade que me ofereceis para salvar um amigo que deixei na Terra. Esse amigo se chama Nathan. Foi mau e ingrato para comigo e estará, com certeza, condenado ao eterno castigo nos abismos do Inferno. Desejo, pois, voltar ao mundo, sob a forma de um mendigo, para reaver de Nathan uma quantia que me é devida. Quero receber a dívida copeque por copeque. Certo estou de que Nathan, se lhe oferecerem ensejo, se desobrigará de um compromisso sagrado, penitenciando-se para assim poder alcançar a eterna salvação!

Retorquiu o profeta Elias com precipitada vivacidade:

— Se é para cobrar uma dívida de honra, é inútil a tua volta ao mundo. Farei com que teu filho mais velho, que vive modestamente, fique reduzido à miséria e vá esmolar, todos os dias, à porta da casa de Nathan.

— Senhor! — discordou Samuel. — Estou apercebido de valor para sofrer todas as angústias, mas não tenho coragem suficiente para ver aflito um filho amado! Deixa-me, senhor, voltar ao mundo para salvar o amigo!

E Samuel, atendido em seu desejo, tornou à paragem dos mortais no corpo de um mendigo.

★ ★ ★

Um dia se achava Nathan absorvido em seus múltiplos negócios bancários quando ouviu intensa bulha no corredor que conduzia à escada principal.

Chamou um dos empregados e o interrogou sobre o que se passava.

— É um pobre que veio pedir uma esmola — explicou o interpelado. — Quisemos dar-lhe dois copeques mas ele os não aceitou. Diz que não se retira da porta do banco enquanto não receber uma esmola das mãos do próprio chefe Nathan.

— Pelo que vejo — considerou o banqueiro —, temos hoje, como novidade, um mendigo impertinente, ousado e caprichoso. Cada doido com sua mania! Se Samuel já não tivesse morrido há tanto tempo, eu juraria que era ele que vinha importunar-me outra vez com o tal pacto.

E, depois de meditar um instante, ordenou a um de seus auxiliares:

— Manda vir imediatamente o tal mendigo até aqui. — Momentos depois o mísero pedinte foi levado à presença do milionário.

— Que desejas de mim, meu velho? — perguntou Nathan emprestando à voz metálica um tom maldoso de ironia e sarcasmo.

— Quero apenas, senhor, receber de vossas mãos a esmola de um copeque e virei aqui, se permitirdes, todos os dias!

— Esta é de se lhe tirar o chapéu! Não faltava mais nada! Julgas, então, miserável, que eu disponho de tempo suficiente para atender a tipos da tua espécie? Pensas, porventura, que eu vou interromper meus negócios e lucubrações para dar esmolas aos sujos que aqui vêm mendigar?

E ajuntou irado, aflautando a voz:

— Querias receber uma esmola de minhas mãos? Pois bem. Vais recebê-la, não de minhas mãos, mas de meus pés!

E, puxando o velho pela gola do esfarrapado gibão, arrastou-o até o alto da escada e atirou-o brutalmente pelos degraus abaixo, imprimindo-lhe violento pontapé.

O mendigo, gravemente ferido em consequência da queda, poucos dias depois falecia.

* * *

Algum tempo havia decorrido quando chegou ao conhecimento de Nathan que se achava na cidade o famoso Rabi Baal Schem, que realizava surpreendentes milagres e lia o destino dos homens.

Nathan, interessado em conhecer o sábio rabi, foi procurá-lo.

No momento em que o banqueiro chegou, proferia o santo a prece que se denomina *shimeshi*. Essa prece, como é notório, não pode ser interrompida, razão por que o poderoso Nathan foi obrigado a esperar que Baal Schem chegasse ao fim do capítulo.

— Que desejas de mim, meu filho? — inquiriu bondoso o rabi. — Que tens a pedir?

Nathan, orgulhoso e descrente, emendou com arrogância:

— Senhor, eu nada tenho a pedir. Sou rico, poderoso e sinto-me bem na vida. Todos os meus desejos estão satisfeitos. Aqui vim unicamente para conhecer-vos e trazer alguns rublos para os vossos pobres.

— Se assim é, meu filho — condescendeu o rabi, em tom displicente, sem lhe largar os olhos —, escuta com paciência o que vou te dizer.

Baal Schem, inspirado por Deus, contou ao milionário a história do pacto com todos os pormenores, até a morte de Samuel, sob o disfarce de um mendigo, no hospital.

À proporção que se desenrolava a narrativa, um terror indefinível se apoderava de Nathan. Tremia-lhe o corpo como se o tivesse invadido repentinamente as mais perniciosas sezões, enquanto o rosto despavorido se tornava lívido como o de um cadáver. Passava e repassava a mão pela cabeleira grisalha empastada de suor. Percebeu que o rabi, senhor de todos os segredos, desfiava as baixezas, pecados e ingratidões de sua vida.

E o rabi, ao concluir a narrativa, percebendo o efeito de suas palavras, voltou a perguntar-lhe com ironia patente na expressão:
— Então, meu filho? Continuas na ilusão de que nada tens a pedir?

★ ★ ★

Ao deixar a presença do milagroso Baal Schem, Nathan estava completamente mudado. Vendeu tudo o que possuía, distribuiu todos os seus bens pelos pobres e partiu pelo mundo a socorrer os infelizes e a praticar o bem. Tornou-se um bom, um justo. O sacrifício de Samuel não fora inútil. Nathan encontrara no arrependimento o caminho da eterna salvação.

★ ★ ★

— Posso concluir, ó meu caro *góim*? Posso concluir? Esse velho andrajoso, cujo aspecto infundia lástima e que há pouco cruzou o nosso caminho, era exatamente Nathan, aquele que fora outrora o mais temido dos banqueiros judeus. Bem dizia Hilel, o santo: "Por mais rico, por mais poderoso, por mais forte e mais feliz que seja o homem, terá sempre cem mil coisas a pedir a Deus."
Scholem Aleicheim!

Eis uma das muitas lendas israelitas inspiradas na vida exemplar e misteriosa do milagroso Baal Schem. (Veja glossário.) Apresentamo-la segundo a narrativa que nos foi feita pela jovem professora I.V., figura de prestígio no magistério e reconhecida autoridade em assuntos relacionados com as tradições judaicas. Parece-nos oportuno chamar a atenção do leitor *góim* para a resposta dada por Samuel ao profeta Elias: "Senhor! Estou apercebido de valor para sofrer todas as angústias, mas não tenho coragem suficiente para ver aflito um filho amado."

A morte do inocente

Ordenou um tirano a execução de certo sábio, contra o qual um caluniador levantara falsa acusação. Conduzido ao lugar do suplício, o condenado viu a esposa, lavada em prantos, e lhe perguntou:

— Por que choras, querida?

— Como não hei de chorar — lamuriou ela —, vendo-te condenado à morte, embora não tenhas praticado mal algum?

— Preferirias — tranquilizou o marido — que me executassem por ter praticado um crime nefando ou uma ação indigna?

O episódio é apontado por Lewis Bromne, op. cit., p. 297, e figura no capítulo "A sabedoria de Ibn Gabirol". Ficaria realmente falha e lacunosa a antologia judaica que não oferecesse fábulas, pensamentos e versos do famoso Ibn Gabirol, filósofo, poeta, moralista e gramático que floresceu no período medieval. Sobre a figura ímpar de Ibn Gabirol será interessante ler: Simon Dubnov, *História judaica*, tradução de Rute e Henrique Iusim, 1948, p. 315.

Esposa obediente

Regressava, certa manhã, da sinagoga, o Berditschever, e se fazia acompanhar de dois ou três discípulos com os quais palestrava alegre e descuidado. Ao cruzar uma praça saiu ao seu encontro uma mulher que despejou, inopinadamente, na cabeça do sábio, um balde de água suja.

Reconheceu o Berditschever, na sua gratuita agressora, a esposa de um de seus inimigos mais rancorosos.

Os discípulos revoltados com aquela agressão sugeriram a ideia de castigar a atrevida, e falaram ao rabi. Este, porém, discordou e aconselhou de bom ânimo:

— Não castigueis essa mulher. Com certeza ela assim procedeu contra mim por ordem do marido; logo, recomenda-se como esposa obediente. Devemos admirá-la.

Eis uma das muitas anedotas atribuídas ao *zaddik* Berditschever (morto em 1809). Cf. Lewis Browne, op. cit., p. 497. Os ensinamentos de Berditschever são, por vezes, graciosos, mas neles reponta sempre grande e profundo alcance moral.

O leão irritado

Conta-nos a lenda que o Rei Leão, depois de uma noite agitada por maus sonhos e abalada por angustiosos pesadelos, acordou, certa manhã, muito irritado.

Os animais da floresta, tomados de pânico, se reuniram na clareira que ficava para além do rio.

Que fazer? O Rei Leão está de mau humor, enfurecido! Como levar a calma e serenidade ao conturbado espírito do poderoso e invencível soberano?

— Tenho uma ideia — e começou o prudente Camelo, dirigindo-se aos outros animais. — O Rei Leão gosta de ouvir contar lendas. Encanta-se com as histórias maravilhosas de gênios e aventuras. É indispensável que um de nós vá agora mesmo ao palácio contar uma história ao Rei Leão. Estou certo de que ele, sob a ação da narrativa, ficará alegre e a tranquilidade lhe há de voltar ao coração.

— Quem, entretanto, terá a audácia de aproximar-se do Rei Leão? — acudiu tristonho o Elefante. — Qual de vocês conhece alguma história digna de ser ouvida por Sua Majestade?

— Nada mais fácil — retorquiu a alvoroçada Raposa com trejeitos de orgulhosa. — Coragem não me falta, nem há de faltar nunca! E se a cura do Rei depende apenas do relato de uma história, é facílimo para mim aplicar-lhe o remédio. Conheço quatrocentas histórias, lendas e fábulas interessantíssimas que aprendi no decurso de longas viagens empreendidas pelo mundo. Uma dessas histórias há de, por força, agradar ao nosso impávido soberano e dissipar a agitação que maus sonhos lhe trouxeram.

— Muito bem! Muito bem! — conclamaram alegres os outros animais. — Está resolvido o caso! Vamos ao palácio do Rei Leão!

Puseram-se todos a caminho, pavoneando-se, à frente de numerosa comitiva, a esperta Raposa, que sabia quatrocentas histórias!

Em meio da jornada, porém, a Raposa parou repentinamente e assustada, a tremer, exclamou, dirigindo-se aos companheiros:

— Meus queridos amigos, grande infortúnio acaba de ferir-me!

— Que foi? Que aconteceu? — indagaram os circunstantes aflitos.

— Das quatrocentas histórias que eu tão bem sabia, esqueceu-me agora o fio de duzentas!

— Não te aflijas por isso — consolaram os outros animais.
— Duzentas histórias são suficientes. Uma delas há de, por força, agradar ao Rei e dissipar de seu espírito a agitação que maus sonhos lhe trouxeram.

E o cortejo novamente se pôs em marcha pela larga e verdejante estrada que conduzia ao palácio do soberano da floresta.

Momentos depois, quando já se ouviam nitidamente os urros atordoadores do Leão, a Raposa parou novamente, e, ainda mais assustada, voltou-se para os que a acompanhavam, dizendo-lhes com voz transtornada, enrouquecida:

— Amigos! Nova e terrível desgraça me vem surpreender!
— Que foi que te aconteceu, amiga Raposa? — acudiram pressurosos e em coro os companheiros.
— Das duzentas histórias que eu sabia na ponta da língua — balbuciou chorosa —, cem não me lembram mais!
— Não vai nisso grande mal, boa amiga! — redarguiram os animais, já duvidosos da segurança da tão apregoada memória.
— Cem histórias dão de sobra! A metade desse número contentaria, por certo, ao próprio sultão! Em cem famosas histórias uma haverá, pelo menos, cheia de peripécias atraentes. Essa há de agradar ao Rei Leão e dissipar de seu espírito a agitação que maus sonhos lhe trouxeram.

E, isso dizendo, puseram-se novamente a caminho, levando por diante a Raposa, que parecia triste e abatida com o seu apoquentador esquecimento.

Quando o cortejo — que engrossara consideravelmente com a adesão de muitos outros animais — chegava diante do palácio do Rei Leão, a Raposa teve um desmaio e rolou desamparada pelo chão.

Reanimada, porém, pelos desvelos dos companheiros, reabriu os olhos, e com voz sucumbida confessou tremente, a mastigar as palavras:

— Que desgraça, amigos meus! Não sei como ocultar-lhes que já não me lembram as cem últimas histórias de que ainda há pouco me recordava tão bem!

A infanda revelação da Raposa causou verdadeira desolação entre os animais presentes. Que fariam eles? Como remediar a situação? Já sabiam todos — pelos urros mais fortes e mais frequentes do Rei Leão — que Sua Majestade, exaltado e impaciente, já se achava na sala do trono à espera do anunciado emissário que vinha trazer-lhe calma ao espírito agitado. Quem seria capaz, naquela grave emergência, de substituir a Raposa, atacada de tão forte acesso de amnésia?

O Chacal, prudente e sensato, sabedor do que acontecera à Raposa, reuniu os chefes do bando e disse-lhes em tom cordato:

— Meus camaradas! Sou, como bem sabeis, um animal rude e inculto! Tenho vivido sempre em soturnas grutas isolado do mundo, afastado dos sábios e dos poderosos. Aprendi, porém, com um velho mestre que tive nos primeiros anos de minha vida, uma história muito original, que jamais me esquecerá. Estou certo de que, ao ouvir essa única história, o nosso glorioso Rei Leão verá restituídas a calma e a tranquilidade ao seu espírito conturbado.

— Vai, Chacal! — exclamaram os animais. — Quem sabe se não conseguirás, com tua bela narrativa, nos salvar da fúria vingativa do Rei Leão?

O Chacal, em três ou quatro saltos, galgou resoluto as longas escadarias do rico palácio que abrigava o exaltado soberano.

A grande praça estava repleta. A população inteira da floresta aguardava ansiosamente o desfecho da arriscada tentativa. Esperavam todos, a cada instante, ouvir os uivos de dor que o pobre Chacal expediria quando estivesse sendo estraçalhado pelas garras impiedosas do Leão.

Decorridos, porém, alguns momentos de angustiosa expectativa, viram todos, perplexos, se abrir as portas do régio palácio e surgir na larga varanda o Rei Leão, calmo e satisfeito, em solene postura, a saudar risonho, com amáveis meneios de sua lustrosa juba, os súditos reunidos a seus pés.

E para maior pasmo, ao lado do temido Leão, perfilava-se o abnegado Chacal, o peito escuro coberto de ricas medalhas e distintivos nobiliárquicos, a cintura envolta pela faixa dourada de ministro e conselheiro do reino.

Os animais não se mexiam, de tão assombrados. Ninguém sabia explicar aquele espantoso mistério. Que teria contado o Chacal de tão extraordinário ao Rei Leão? Que história maravilhosa teria sido a que alterara tão radicalmente o gênio do monarca e fizera com que seu narrador se tornasse digno de tão alta honraria?

A curiosidade, mesmo entre os animais da floresta, é um fator da maior importância em todos os acontecimentos da vida.

O Camelo, que fora até então um dos mais íntimos do Chacal, não podendo refrear a ânsia que o espicaçava, aproximou-se, discreto, do novo vizir do rei e perguntou-lhe respeitosamente:

— Ilustre ministro, dizei-me, peço-vos por favor, que história contaste ao nosso glorioso soberano?

— Amigo Camelo — respondeu com simplicidade o Chacal, — o conto que narrei ao Leão nada tem, realmente, de extraordinário. Aproximei-me do trono e narrei-lhe, sem nada ocultar, a peça que nos pregara a vaidosa e pusilânime Raposa! Sua Majestade achou-lhe muita graça e disse-me: "É sempre assim, meu caro Chacal! É sempre assim! Longe de um rei violento e irritado todos se inspiram e apresentam ideias geniais! O verdadeiro talento e a verdadeira coragem só se revelam, porém, na ocasião exata e precisa, ao defrontarem com o risco e ameaça."

Adaptação, em forma de conto, de famosa lenda israelita atribuída ao Rabi Levi, do século III. Cf. "Bereschith Rabba", cap. 78. Veja: Malba Tahan, *Lendas do deserto*. "Bereschith Rabba" é um grande comentário folclórico do Gênesis. É o mais antigo e o maior dos *Rabboth* e deve datar do século IV.

Jogando xadrez

Simchah Bunam, *zaddik* de Parsischa (morto em 1827) tentou induzir um pecador a emendar-se. Convidou-o para uma partida de xadrez e, durante o jogo, fez um movimento errado. O homem ia aproveitar-se do engano mas o *zaddik* lhe pediu que o desculpasse. Não tardou, porém, a enganar-se de novo, e dessa vez o adversário se negou a relevar a falta.

Disse-lhe então o rabi, com a mais afetuosa simplicidade, premindo-lhe o braço:

— Ficas impaciente com o teu parceiro que comete dois erros numa partida de xadrez, e esperas que o Senhor te perdoe os inúmeros erros e pecados de tua vida?

Cheio de remorso, o pecador prometeu corrigir-se.

O Rabi Simchah Bunam é, pela forma original com que reveste seus ensinamentos, uma das figuras mais expressivas do hassidismo. São curiosos os artifícios de que lança mão esse *zaddik* para convencer seus discípulos. Esse episódio do jogo de xadrez é apresentado em Lewis Browne, op. cit., p. 499.

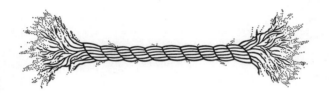

A letra *beth*

Encontramos no Talmude esta interessante observação: "A história da Criação começa pela letra *beth* e não pela letra *alef*, que é a primeira do alfabeto."

Impõe-se uma pergunta: por que foi dada tão decisiva preferência à letra *beth*?

Eis a singular explicação oferecida pelos sábios talmudistas: "Porque *beth* é inicial da palavra *barakha* (bênção) ao passo que *alef* é a inicial de *arira* (maldição). Do contrário os homens diriam, e com toda razão: 'Como pode o mundo subsistir se foi criado com uma letra de mau presságio?'"

São palavras do Senhor, Deus de Israel: "A mim clamaste na angústia, e eu te libertei; da nuvem que trovejava fiz ouvir a minha voz; provei-te nas águas de Meribah. Ouve-me, *povo meu*, quero advertir-te. Oxalá me escutes, Israel!"

Cf. *Aspects du génie d'Israel*, Paris, 1950, no cap. "Le Talmud, sentences et récits exemplaires", p. 64. Sobre a letra *beth* e a Criação, indicamos também: Khagiga, apud A. Cohen, op. cit., pág. 83. As palavras finais do trecho são os Salmos 80-8, de Davi.

A paciência do mestre

Vinde ouvir, todos vós que temeis a Deus, e eu vos narrarei quanto de bom o Senhor fez à minha alma.

Davi

O mestre — prescreve o Talmude — tem obrigação de repetir tantas vezes a lição quantas sejam necessárias para que o discípulo possa compreendê-lo bem.

O Rabi Berida tinha um discípulo dotado de limitadíssima inteligência. Para esse jovem, era o bom rabi obrigado a repetir quatrocentas vezes* a lição, pois só assim conseguia que ele compreendesse alguma coisa.

---

*Trata-se, naturalmente, de um número determinado para indicar um indeterminado.

Estava, certa vez, o paciente rabi às voltas com o tal discípulo, esforçando-se na explicação de certo trecho da Escritura, quando recebeu urgente chamado de um amigo. A sua presença era exigida numa reunião em que deviam ser debatidos assuntos que lhe diziam respeito.

Antes de sair, segundo seu costume, explicou quatrocentas vezes a lição ao jovem; mas este, no fim de tudo, interrogado, confessou que nada havia compreendido.

— Meu filho — disse-lhe o mestre, encarando-o contristado —, será possível que, dessa vez, as minhas multiplicadas repetições não tenham logrado êxito?

— Senhor! — explicou o discípulo com voz trêmula. — Quando percebi que os amigos exigiam a tua presença em outro lugar, preocupei-me com o caso e nele fixei meus pensamentos. A cada palavra tua, parecia-me que, por minha causa, estavas sacrificando os teus interesses. E, martelado por essa preocupação, nada pude perceber de teus ensinamentos.

— Pois bem! — decidiu o sábio, abeirando-se mais do jovem. — A culpa não é tua; é minha. Recomeçaremos de novo.

E, antes de sair para a reunião, reiniciou a mesma lição e repetiu-a outras quatrocentas vezes.

Este episódio, de alta significação didática, figura no Talmude. Cf. R. Cansino-Assens, op. cit., p. 197. Observa-se uma decidida simpatia dos talmudistas pelo número quatrocentos. O número quarenta e seu múltiplo — quatrocentos — são os mais citados na literatura talmúdica.

Respeito filial

Eis o que nos conta o Talmude entre os seus admiráveis ensinamentos:

"Ao ouvir os passos de sua mãe que chegava, o sábio e judicioso Rab Joseph ergueu-se lentamente diante de seus discípulos e declarou com ênfase: 'Levanto-me porque acaba de entrar o Shekinak.'"

Shekinak, em hebraico, é o Espírito Santo, é o Amor. Prestava, desse modo, o douto israelita parte do tributo de reconhecimento que devia à sua mãe. A dívida de gratidão de um filho para com a Mãe é conta sempre em aberto; jamais poderá ser resgatada.

Inspirado numa passagem de Michna-Kiddouchin, 31, b. Cf. A. Cohen, op. cit., p. 236. O Talmude alonga-se, por várias páginas, em seus comentários e alegorias sobre a beleza e sublimidade do amor filial.

O mendigo na cerca

Achava-se certo ricaço à janela quando viu, do outro lado da rua, um mendigo a esfregar as costas num cercado. Informado de que o pobre homem não tinha, havia meses, com que pagar um banho, deu-lhe algum dinheiro e uma muda de roupa.

A notícia daquele acontecimento se espalhou pela cidade, e não tardou que outros dois pobres que viviam nos arredores fossem ter à mesma cerca, e para atrair a atenção do dadivoso judeu se puseram a esfregar energicamente numa das estacas. Mas, em vez de lhes dar esmola, o ricaço, ao avistá-los, correu-os a bengaladas.

— Fora daqui, embusteiros! — bradava ele num tom precipitado e cavernoso. — A mim é que não iludem! Fora daqui, mandriões!

— Mas por que acreditaste no outro? — protestou, atarantado, um dos mendigos, fitando o rico com a face emparvecida.

— Porque ele estava sozinho, e, naturalmente, sentindo aflição nas costas, só encontrou um meio: esfregar-se na cerca. Mas vocês são dois, e se não fossem cínicos e impostores, cada um coçaria as costas do outro.

E, exaltado, com fulminante gesto de cólera:

— Fora daqui!

No folclore israelita, o capítulo que compreende o anedotário popular é interessantíssimo. Por sua antiguidade, pela extensão de seu engenho, por sua influência religiosa, o povo judeu é posto em situação de real destaque entre os cultores do folclore. Raimundo Geiger, no prefácio de seu livro *Cuentos judíos* (trad. de I. G. Gorkin), põe em relevo a feição humorística dos ídiches. A omissão, nesta antologia, da parte folclórica anedotária representaria, certamente, uma falha imperdoável. É claro que só nos parecem válidas as anedotas construtivas, isto é, as que encerram um ensinamento, uma advertência ou o agudo sentido do humorismo que caracteriza os judeus. O anedotário israelita tem um mérito que devemos encarecer. Os casos anedóticos confirmam o vasto espírito liberal de Israel, o respeito dos judeus pela liberdade de opinião e a forma resignada como esse povo recebe os reveses da vida, sem se deixar subjugar, mantendo-se, através dos séculos, ágil, são e cheio de esperanças. Cf. Lázaro Liacho, *Anecdotario judío*, 2ª edição, Buenos Aires, 1945. Lewis Browne, op. cit., pág. 542.

Duas rajadas de vento

Ao regressar vitorioso de suas guerras de conquista pelo mundo, o imperador Adriano convocou os cortesãos e declarou num tom de excepcional gravidade:

— Dado o poder de que disponho, e em virtude da força incalculável que represento, exijo, de agora em diante, que me considerem como um deus! Elevou-me o destino ao plano sublime da divindade!

Mal ouvira tal declaração, adiantou-se um dos nobres e disse jubiloso ao rei:

— Uma vez que sois um deus, imploro desde já o vosso precioso auxílio. Podeis, senhor, ajudar-me nesta hora de grave inquietação em que me encontro?

— Que aconteceu contigo? — perguntou o imperador com vaidosa entonação. — Em que poderei auxiliar-te?

— Preocupa-me a situação em que se encontra um de meus bons navios. Acha-se essa galera parada a três milhas da costa. Reina, há vários dias, absoluta calmaria, e o navio, com grave prejuízo para mim, não pôde alcançar o porto!

— Isso é simples — declarou logo Adriano com ostensiva indiferença. — Mandarei uma frota, tripulada por bons remadores, que o fará navegar.

— Para que tão grande incômodo — acudiu pressuroso o áulico, com um sorriso impertinente —, com duas ou três rajadas de vento a galera estará salva!

— Mas aonde irei eu buscar o vento? — esquivou-se o imperador.

Retorquiu, muito sério, o cortesão, com acertado critério:

— Se não sabeis como obter duas lufadas de vento, muito fraco é o vosso poder. Como pretendei arrogar-vos dos atributos de Deus, que criou o vento e faz bramir os vendavais, se não conseguis perturbar com duas rajadas a calmaria do mar?

Tão justa e sábia advertência fez calar o poderoso monarca e deixou-o confuso e constrangido diante de sua corte.

Tanhuma, Parascha Bereschith, 7:10. Esse episódio é citado em quase todas as antologias talmúdicas. Adotamos a forma que nos pareceu mais interessante para o leitor. Cf. *O Talmude* de Moisés Beilinson e Dante Lattes, tradução de Vicente Ragognetti, com dedicatória de Rafael Mayer, p. 53.

"Eneno-iudéa"

Vós nos livrastes, Senhor, dos que nos afligiam e confundistes os que nos odiavam. Em Deus nos gloriaremos todo o dia, e louvaremos eternamente o vosso nome.

DAVI

Era em Ioldivka, pequena aldeia de Ucrânia, quando o famoso país eslavo ainda se achava sob o guante implacável do tsarismo.

Naquela noite, o velho e sombrio palácio do *puritz* se enchera de alegres convidados. Sua Alteza, o príncipe Aleixo Buroff, governador de Ioldivka, oferecia aos fidalgos e burgueses mais ricos da aldeia o grande banquete com que anualmente festejava o aniversário de seu poderoso amigo e protetor, o tsar de todas as Rússias.

A vodca corria em abundância. Os orgulhosos senhores, exaltados pelas contínuas libações alcoólicas, cantavam, com voz rouca, as velhas melodias dos camponeses russos, enquanto as raparigas e servos dançavam o *kamareinskaia* e o *kazatchock* ao som das balalaicas, vibradas pelas mãos ágeis de artistas exímios.

Em dado momento, quando a suntuosa festa parecia atingir o auge do entusiasmo, o pope se aproximou do príncipe Aleixo e disse-lhe com afetada negligência:

— Poderia, Vossa Alteza, conceder-me agora a permissão, já por mim solicitada várias vezes, para expulsar os judeus de nossa aldeia? Os israelitas, a meu ver, constituem uma população que, se não é prejudicial, é pelo menos completamente inútil.

O *puritz*, com o espírito perturbado pelos efeitos dos vinhos, não hesitou em atender ao criminoso desejo do pope, e no mesmo instante o autorizou a expulsar os israelitas de Ioldivka. Era necessário um pretexto. Ao pope caberia a fácil tarefa de justificar a torpe medida de perseguição aos hebreus.

No dia seguinte, a população israelita de Ioldivka foi surpreendida pelo seguinte aviso, mandado afixar na praça pública:

Judeus de Ioldivka

"Várias e graves denúncias contra os judeus chegaram ultimamente aos ouvidos de Sua Alteza, o príncipe Aleixo Buroff. Encarregou-me Sua Alteza da ingrata tarefa de apurar o que há de verdade acerca de tais denúncias.

Segundo se afirma, e tenho disso provas bem seguras, os filhos de Israel, que aqui habitam, não só descuram o cultivo das terras, entregando-se ex-

clusivamente a misteres de que auferem de todo mundo lucros exorbitantes, como também lançam ao abandono os estudos e prática da nobre religião mosaica, afundando-se no ateísmo e alardeando heresias.

Sabe Deus que eu me sinto animado do mais puro afeto pelos meus irmãos em Israel, mas se esses fatos forem confirmados, ver-me-ei forçado, com grande mágoa, a expulsá-los de Ioldivka.

Para elucidar a questão, exijo que escolheis dentre vós, ó judeus, o mais hábil e instruído para ser por mim publicamente interrogado sobre o Talmude. Se ele responder satisfatoriamente a todas as perguntas que eu lhe fizer, ficareis em paz. Se, porém, o vosso emissário demonstrar ignorância em assuntos talmúdicos, sereis fulminados pelo desprezo de todos os homens de bem, pois um povo que nem ao menos conheça a sua lei fundamental não tem o direito de viver entre gente honesta e trabalhadora."

Pope LADISLAU

Essa inesperada intimação do pope causou verdadeiro pânico entre os judeus de Ioldivka.

Era voz corrente e por todos reconhecida, que o pope possuía invejável cultura filosófica, tinha profundos conhecimentos teológicos e se notabilizara, além disso, pelos grandes estudos que fizera sobre o Talmude.

O rabino Uziel, homem inteligente e culto, que pontificava no *het-adnessed* de Ioldivka, não se sentia com coragem para discutir com o pope, sabendo que uma resposta em falso acarretaria expulsão inexorável de todos os seus irmãos.

E se o rabi não se apresentava, quem teria coragem de enfrentar o sábio ortodoxo?

Os israelitas, em face de tal calamidade, em sinal de desesperação, fizeram o *kria*, cobriram a cabeça de cinza, ao passo que o rabino decretava o *tunness* e convocava o *schoichecht*, o *malamed*, o *hazan*, o *bakoira* e todos os vultos de mais prestígio da comunidade israelita para discutir e resolver a situação.

Como não houvesse, porém, quem se julgasse capaz de assumir a grave responsabilidade de discutir com o pope, dirigiram-se todos os *het-adnessed*, acenderam as velas e abrindo o *aronkodsh* começaram a rezar, implorando o auxílio divino e lamentando-se diante da Torá.

Quando já pouco faltava para expirar o prazo, subiu o rabi para o *bellemen* e falou aos infelizes judeus:

— Ainda não terminaram, ó filhos de Israel, os nossos sofrimentos! O Santo quer experimentar mais uma vez a nossa resignação e fez cair sobre nós mais essa prova. Ide para as vossas casas e preparai-vos para o novo exílio, pois a nossa situação é insustentável. Sinto-me perturbado e incapaz de discutir o Talmude com o pope Ladislau. E dentre vós, quem teria coragem para enfrentar o sábio e rancoroso inimigo?

No grande silêncio, que só era interrompido pelos débeis soluços das mulheres, fez-se ouvir uma voz enrouquecida e cava:

— Eu irei.

Houve na sinagoga um grande e incontido movimento de agitação e surpresa, de esperança e indignação. Quem se oferecera para discutir com o pope, em nome dos judeus, era Elik, o homem que andava desde manhã até a noite, a carregar água do rio para as casas. Elik não passava de um tipo grosseiro, pouco inteligente, ignorante e quase analfabeto.

Os que se achavam perto do aguadeiro julgavam, a princípio, que se tratava menos de mistificação que de uma pilhéria, e tiveram ímpetos de o pôr para fora do recinto sagrado no mesmo instante.

O rabino, batendo com energia na mesa do *bellemen*, fez serenar o tumulto e interpelou Elik:

— Sabes bem o que estás dizendo, ó, aguadeiro?

— Sei, sim. Irei lá e hei de confundir o pope!

— Mas que sabes tu do Talmude?

— Deixa-me em paz! Sei cá alguma coisa que o pope não poderá responder!

Achou o rabi que seria prudente não pedir sobre o caso maiores esclarecimentos ao aguadeiro, e crendo que o pobre Elik era um enviado divino para a salvação dos judeus de Ioldivka, assim falou:

— Ó, meus irmãos de Israel! Já vejo no Oriente luzir a esperança da salvação! Tenhamos fé que o Santo não nos desamparará!

E, chamando o *malamed*, murmurou sombriamente:

— Vai anunciar ao pope que já escolhemos o nosso representante e que ele pode preparar-se para nos receber! *Scholem aleichem!*

★ ★ ★

Na praça principal da aldeia, sobre um grande estrado erguido especialmente para o original prélio, o pope, acompanhado do *puritz* e das mais altas autoridades de Ioldivka, aguardava com a maior solenidade a chegada dos israelitas.

Estes não se fizeram esperar. À hora marcada se aproximaram da praça coagulada de curiosos. À frente marchavam o rabino e o aguadeiro.

— Eis aqui o nosso ilustre correligionário, que veio discutir com Vossa Eminência! — anunciou o rabino, apresentando Elik ao pope.

Tomado de viva indignação, o pope Ladislau não se conteve e gritou colérico:

— Cães miseráveis! Só por esse insulto com que pretendeis enlamear o meu nome e o meu prestígio mereceis imediata expulsão da aldeia! Como ousais trazer, para discutir comigo, um homem que é ao mesmo tempo idiota, estúpido e ignorante?

E logo, atabalhoadamente, voltando-se para o príncipe Aleixo, os olhos a coriscar de cólera:

— Veja, Vossa Alteza, a que ponto chega a audácia e o atrevimento incrível desses aventureiros! Querem que eu desça da minha posição para discutir o Talmude com um homem que mal sabe ler.

O príncipe se mexeu impaciente:

— Não poderás, meu amigo, recusar o representante judeu por tratar-se de um homem rude e inculto. Mais fácil será a tua tarefa. Esmaga esse ignorante e eu decretarei, a seguir, a expulsão de todos os judeus!

— Que assim seja — tornou o pope. — Uma vez que me obrigam a discutir com este imbecil, exijo uma condição: aquele que deixar de responder à primeira pergunta será degolado imediatamente!

O *puritz*, fitando o rabino Uziel, perguntou-lhe:

— Aceitas a condição?

Elik, sem hesitar, com inalterado semblante, decidiu pelo rabi:

— Aceitamos, ó, Príncipe!

Ordenou o *puritz* que um *gordovai*, verdadeiro carrasco russo, se postasse, de espada desembainhada, por trás do aguadeiro.

— Peço a Vossa Alteza que mande colocar outro guarda, na mesma atitude de espada em punho, junto ao pope Ladislau.

— Cão, atrevido! — protestou enfurecido o pope. — Julgas, então, que eu vou deixar sem resposta algumas das tuas perguntas? Não passas de um pobre imbecil! E para provar que eu nada receio de ti, cedo-te o direito de fazer a primeira pergunta.

Fez-se um grande silêncio. Os judeus acompanharam com indescritível ansiedade todas as peripécias daquele desigual certame de que dependia a sorte de todos.

Elik, o aguadeiro, perguntou altivamente ao pope:

— Pope! Tu que afirmas saber tudo, conhecer tudo e responder tudo, dize-me: Que quer dizer *eneno-iudéa*?

Essa pergunta foi seguida de uma estrepitosa gargalhada por parte do pope:

— Envergonha-te, histrião ignóbil! Isso não é pergunta que se faça, ó, cretino! Não sei!

Se uma chuva de ouro caísse no meio da multidão (sem embargo de serem todos judeus), não teria causado maior tumulto. Os israelitas exultavam de júbilo. O príncipe Aleixo interpelou o pope com severidade:

— Com que então, ó pope, não sabes responder à pergunta de um simples aguadeiro judeu? E não te envergonhas de confessar, em público, a tua ignorância?

O "pope", lívido, trêmulo, procurava defender-se naquela situação de vexame e deslustre:

— Mas... não... Alteza. A pergunta feita pelo aguadeiro é tola! Repito: não sei!

Cortando o silêncio que se alargava o *puritz* gritou para o *gordovai*, apontando para o pope com um dedo alongado e lívido:

— Não se humilha, impunemente, um príncipe russo! Esse pope é um impostor, é um cretino! Degola-o!

Não foi necessário repetir a ordem. Com um golpe certeiro, o gigantesco *gordovai* fez a cabeça do pope rolar pelo estrado e cair na areia da praça. O corpo do infeliz baqueou, em seguida, para tombar surdamente, espadanando sangue por todos os lados.

Os judeus ficaram estarrecidos diante daquela cena brutal e inesperada. E o príncipe Aleixo, dirigindo-se aos israelitas, disse-lhes:

— Declaro, sob minha palavra de nobre, que de hoje em diante, enquanto Deus me der alento e força, os judeus poderão viver tranquilamente nesta aldeia!

★ ★ ★

Havia, porém, uma circunstância que só os judeus conheciam e que, portanto, o *puritz*, e os *góim* ignoravam.

Eneno-iudea, é uma expressão hebraica e significa "não sei".

O desfecho do caso, com a morte do pope e a sentença do *puritz*, trouxe grande alegria aos israelitas, que logo se dirigiram ao *het-adnessed* a fim de render graças ao Criador.

Em certo momento, não podendo sofrear a curiosidade que o abrasava, o rabi se dirigiu ao aguadeiro e perguntou-lhe com voz velada, cingindo-o num efusivo abraço:

— Dize-me, meu filho, como te veio à lembrança fazer ao pope aquela luminosa pergunta?

Com a maior naturalidade, na sua rudeza de iletrado, respondeu o aguadeiro:

— Tive há tempos, nestas mãos, um exemplar do Talmude, traduzido por um sábio rabi. Para todas as palavras dava o sábio uma significação. Notei que apenas para *eneno-iudéa* ele declarava com a maior franqueza "não sei". Ora, se um grande rabino não sabia o que queria dizer *eneno-iudéa*, era certo que o pope também não saberia!

Só então os judeus cultos compreenderam que a absoluta ignorância de Elik lhes garantira os bens e a tranquilidade, pois nem ele próprio — que formulara a pergunta — sabia que *eneno-iudéa* significava "não sei"!

— Um sábio orgulhoso, quando transviado do caminho do bem, pode ser vencido pelo mais rude ignorante.

Baruch Adonai! Bendito seja Deus!

Conto popular israelita aqui apresentado segundo uma narrativa que nos foi feita por Elias Davidovich. Neste conto a comunidade israelita de pequena aldeia russa consegue evitar uma deportação iníqua. Em seu Livro *Judeologia* escreve Moisés Kahan: "Sobreviveram os judeus, a toda sorte de perseguições e extermínio. Durante muitas gerações não havia israelita que estivesse seguro de seus bens e de sua vida. Sempre a ameaça da desgraça da desventura e sempre recomeçando como Prometeu acorrentado." Cf. Moisés Kahan *Judeologia*, São Paulo, 1943, p. 82.

A cabra fatigada

José Krantz, o grande *maguid* (evangelista) de Dubno, morto em 1804, granjeara renome com suas parábolas. Chegando certa vez ao cair da tarde, à cidade de Jericó, apeou-se à porta de abastado mercador.

Recebeu-o o ricaço com simpatia e disse-lhe sem mais preâmbulos:

— A paz seja convosco, ó sábio *maguid*! Sentai-vos e contai-me uma linda parábola ou uma lenda de Israel.

— Com o maior prazer — aquiesceu o pregador.

Encostou-se tranquilo na soleira da porta, meditou durante alguns instantes, passou lentamente a mão pela testa, e narrou o seguinte:

— Um mercador galileu levou certa vez para casa uma cabra que comprara na feira, e a mulher começou a ordenhá-la. Não obteve, naturalmente, nem uma gota de leite. "Ora!", protestou a mulher, "foste iludido no negócio, meu marido. Esta cabra não presta. Não dá leite!" "Enganas-te, querida", retorquiu o galileu, "é muito boa cabra, de boa raça e dá muito leite. Mas vem de longe, está cansada, faminta e com sede. Satisfaz-lhe as necessidades, dá-lhe uma noite de descanso e, amanhã, terá leite à farta."

Adaptado de um trecho citado por Lewis Browne em seu livro *Sabedoria de Israel*, p. 509.

A terra que purifica

Sê minha ajuda: Não me deixes, nem me desprezes, ó Deus meu Salvador.

Davi

Dois doutores passeavam, certa vez, pelos confins da Palestina quando viram aproximar-se deles um féretro. Compreenderam que se tratava de algum israelita que, tendo morrido longe da pátria, era levado para enterrar-se na Terra Santa.

Um dos doutores comentou irônico:

— Que tolos! De que serve isso? Esses imbecis incidem precisamente na censura do Profeta: "Enquanto a vida vos anima, a Terra de Israel é para vós um opróbrio; e depois, quando de vossos olhos a luz se apaga, vindes macular o nosso chão com os despojos de vossos cadáveres!"

— Não me parece razoável a tua crítica — discordou, em tom sereno, o companheiro. — Afirmo-te que um simples torrão da terra sagrada caindo sobre o féretro redime, por completo, o morto do pecado de ter vivido em país estranho. Proclama o profeta que esta terra purifica seu povo.

E concluiu inspirado numa voz quente de persuasão:

— Possuir a sepultura em Terra Santa equivale a possuí-la sob o altar.

Figura este trecho em Talmude de Jerusalém, cap. 2. O israelita que vive longe da Palestina deve possuir um pouco da Terra Santa. Em caso de morte, é essa terra colocada pelos amigos piedosos no esquife daquele que a vida forçou a viver em país estranho. O bom judeu leva, assim, consigo, um punhado da terra sagrada para o túmulo.

A prata do rabi

Certa vez o Besht jornadeava com o seu filhinho Hirsch para Medziboz, a fim de visitar o rabi da cidade, então enfermo. O rabi era homem de recursos, e exibia em sua casa um armário atulhado de linda e rica prataria que o jovem Hirsch admirou imensamente.

Em dado momento, quando se achava a sós com o jovem, o Besht, quebrando o silêncio, assim falou:

— Julgas, naturalmente, meu filho, que essas pratas não estão em lugar devido e que ficariam melhor em casa de teu pai. Acertas num ponto e erras em outro. A prataria não se acha bem aqui; mas em nossa casa não deveria também ficar. O certo e o legítimo seria que fossem todas essas peças distribuídas como esmolas, ou aplicadas em obras de educação, pois é ridículo que permaneçam aqui a rebrilhar, como ornamentos fúteis, quando o dono desta casa, pelo cargo que exerce, deve dar exemplo de modéstia e desprendimento.

Este episódio é citado entre as máximas de Baal Schem — Tov. Cf. Lewis Browne, op. cit., p. 475. Parece-nos justa a observação do rabi. Não se compreende, realmente, que possa um verdadeiro sacerdote, cônscio de suas funções, colecionar moedas raras ou peças de ouro e prata.

O exagero da prece

Antonino, que sucedeu a Adriano no governo de Roma, era sóbrio, clemente e justo. Durante seu reinado, foram os povos beneficiados por largo período de paz. Sempre disposto a proteger os desgraçados e a amparar os fracos, foi esse bom monarca, verdadeiramente, o pai de seu povo. Ouvia com respeito os sábios e atendia aos judiciosos conselhos dos mais velhos.

Frequentava a corte de Antonino um douto rabi chamado Judah ha-Nasi.

Um dia o imperador pediu que o rabi o esclarecesse sobre um ponto da doutrina que lhe parecia obscuro:

— Deve um homem, dentro dos princípios de sua fé, rezar a todo instante e erguer suas preces a cada momento?

— Esse exagero que leva o crente a uma prece desarrazoada não é permitido — esclareceu o rabi —, e tal proibição tem por fim impedir que o homem se habitue a invocar, em vão, o nome do Altíssimo.

Não compreendeu o romano o sentido dessa explicação e retorquiu com certa brusquidão:

— A razão que alegas, ó rabi, não tem, a meu ver, cabimento. Seria um contrassenso aceitá-la.

O velho ha-Nasi, não insistiu sobre o caso, mas no dia seguinte se apresentou muito cedo na sala do trono e ao entrar cumprimentou respeitoso o imperador, erguendo bem alto a saudação:

— Salve Tito Aurélio Fúlvio Antonino, senhor de Roma, dominador do mundo! Ave, César Augusto!

Sentiu-se Antonino lisonjeado com aquela honrosa cortesia. Mas o rabi, meia hora depois, ergueu-se solene e proferiu pela segunda vez, em voz clara e vibrante, curvando o busto em ligeiro recuo:

— Salve Tito Aurélio Fúlvio Antonino, senhor de Roma, dominador do mundo! Ave, César Augusto!

E passou a repetir, de meia em meia hora, essa mesma cortesia. Na quarta ou quinta vez, irritou-se o imperador e advertiu indignado:

— Como te atreves, ó rabi, a zombar assim da realeza? Que pretendes com essa saudação insistente e despropositada?

O sábio e judicioso Judah ha-Nasi, acentuando tragicamente as palavras e lançando um grande gesto em redor, assim falou:

— Meditai, ó César, sobre o que acaba de suceder. Sois, na verdade, um rei mortal, e no entanto não podeis suportar que vos saúdem de meia em meia hora. E, antes de findar o dia, fizestes calar o importuno. Mais censurável será a impertinência daquele que se dispuser a saudar a todo o instante o Rei dos Reis!

Vamos encontrar esse episódio em Tanhuma Buber, Miketz Cf. Lewis Browne, op. cit., p. 217. Sobre o exagero da prece sempre recaiu a censura dos talmudistas. Midrasch Tehillin, 29:1. Convém ler o capítulo "La Foi et la priére" do livro de A. Cohen *Le Talmud*, p. 125.

O cavalo veloz

Encontrava-se, certa vez, o Besht em palestra com alguns discípulos. Um desses aventou uma dúvida sobre a maior ou menor dificuldade que os homens inteligentes encontram em retomar, depois de um erro, o caminho da reabilitação.

O Besht se dirigiu a um dos presentes e, com a maior naturalidade, perguntou-lhe sorrindo e meneando a cabeça:

— Por que o cavalo ligeiro vale dez vezes mais do que o cavalo vagaroso?

Embora surpreendido com a inesperada arguição, o interpelado apressou-se em responder:

— Porque é dez vezes mais veloz.

— Sim — confirmou o Besht sem se desconcertar —, entretanto, se ele se extraviar, perde-se dez vezes mais depressa.

— Tem, então, um grave defeito! — recalcitrou logo um dos ouvintes com ar vitorioso.

Retorquiu o Besht com a imperturbável serenidade dos sábios:

— Mas também não te esqueças de que o cavalo veloz, encontrando o caminho certo, recuperará dez vezes mais depressa o tempo perdido.

E concluiu, sem fugir ao tom de mansidão e bondade:

— Quando o homem inteligente se arrepende, torna ao primitivo estado de integridade muito mais depressa do que o néscio. O inteligente se reabilita de seus erros mais depressa do que aquele que é acanhado de espírito e curto de imaginação.

O episódio é citado por Louis Newman, *The hasidic anthology. Tales and teachings of the hasidism*, Nova York, 1934, p. 106. Ainda sobre o hassidismo poderíamos indicar: G. G. Scholem, *Les Grands courant de la mystique juivre*, Payot, Paris, p. 343; Simon Dubnov, *História Judaica*, versão portuguesa de Rute e Henrique Iusim (Livraria S. Cohen), p. 438.

O judeu e a vaca

Na casa do justo há um grande tesouro, na palavra do ímpio só existe perturbação.

SALOMÃO

Todos os dias, da manhã até o cair da noite, Jacó Simon não fazia outra coisa senão maldizer a sorte ingrata. Blasfemava contra o destino que o forçava a viver naquela insuportável e torturante penúria. A casa em que morava era pequena, incômoda e desconfortante; não dispunha senão de dois quartos para os pequenos e de uma sala minúscula, com duas janelas, onde mal podia receber, nos dias de festa, meia dúzia de amigos e vizinhos.

A paciente Sorelé não concordava com as queixas e revoltas do marido. A vida para eles não era por certo invejável. Lá isso não era! Podia, porém, ser pior, muito pior...

— Pior do que isso, mulher, nunca! — clamava Jacó, arrepelando-se, irritado. Não é possível! Repara na apertura e no desconforto em que vivemos! Não cabemos nesta casa e não vejo como nem quando será possível arranjar outra melhor.

Um dia, afinal, a cidade foi visitada por um sábio famoso que o povo apelidara Baal Schem.

Informada da presença do taumaturgo, Sorelé sugeriu, cheia de confiança, ao esposo:

— Por que não vais ouvir o velho Baal Schem? Dizem que ele já tem feito espantosos milagres. Possivelmente poderá nos auxiliar.

Tal lembrança parecia traduzir uma providência fácil, acertada e feliz. Nesse mesmo dia, Jacó Simon foi ter à presença do santo rabi e desfiou o interminável rosário de suas queixas e misérias. Que vivia num casebre triste e miserável e que o maior sonho de sua vida era possuir uma casa ampla e espaçosa.

— Meu filho — ponderou o sábio, cheio de paciência e bondade —, posso, realmente, com a valiosa proteção dos guias invisíveis, realizar prodigioso milagre em teu benefício. Serei capaz de transformar a tua casa, pobre e acanhada, numa vivenda ampla, clara e confortável. Para tanto torna-se indispensável que pronuncies, agora mesmo, um juramento.

— Que juramento é esse, senhor? — indagou aflito o judeu, arregalando os olhos numa sincera emoção de interesse.

Respondeu Baal Schem em tom levemente enfático:

— Vais jurar, pelo nome sagrado de Moisés, e pela memória de todos os profetas, que seguirás fielmente todas as minhas determinações.

— Juro! — declarou Jacó com voz firme e inabalável sinceridade.

— Muito bem — repisou o sábio. — O teu juramento permitirá a realização do milagre. E agora uma pergunta: tens uma vaca, não é verdade?

— Sim, com efeito. Tenho uma vaca.

— Leva, então, hoje mesmo, a vaca para dentro de tua casa!

— A vaca para dentro de casa! — bradou o mísero Jacó como ferido em pleno peito. — Senhor! Na casa em que moro mal cabem os meus filhos. Onde colocarei a vaca?

— Lembra-te, amigo, de teu juramento! Põe a vaca dentro de casa.

Não houve remédio. Era preciso obedecer cegamente ao milagroso conselheiro.

A vida de Jacó, daquele dia em diante, tornou-se num verdadeiro suplício. Aquela vaca, sob o teto de seu lar, representava uma tortura constante. O monstruoso animal quebrava, destruía e sujava tudo. Para que os vizinhos não envolvessem o caso com os impiedosos comentários ditados pelo ridículo, a delicada Sorelé conservara as janelas e portas cuidadosamente fechadas durante o dia.

Decorridos três dias, voltou Jacó, a alma vencida pelo desespero, à presença do Baal Schem.

Era preciso pôr termo, o mais depressa possível, àquela situação torturante!

— Tens uma cabra? — indagou o sacerdote, à meia-voz.

— Sim, é verdade — confessou Jacó, com voz insegura, surpreendido com aquela inesperada pergunta —, tenho uma cabra.

— Leva também a cabra para dentro de tua casa! — ordenou sem hesitar o prudente rabi.

A nova determinação do milagroso guia deixou o mísero Jacó sucumbido pelo desalento. A vaca, por si só, tornara a vida dentro da casa insuportável. A cabra e a vaca seriam uma calamidade! Que horror! Viver entre as quatro paredes de uma sala com uma vaca e uma cabra.

Antes de terminar a primeira semana, Jacó, receando que o desespero o levasse à loucura, voltou a implorar o auxílio do santo e virtuoso conselheiro. Sentia-se esgotado; na sua casa não havia mais sossego; as crianças sofriam. Ele preferia morrer a continuar a viver daquela maneira miserável e anti-humana.

Disse então o santo milagroso:

— Retira hoje a cabra. Amanhã, logo que o sol nascer, farás a mesma coisa com a vaca. Procederás, a seguir, a uma cuidadosa limpeza em tua casa, arrumando os móveis como se achavam. Ao cair da tarde irei visitar-te para ver realizado o milagre!

No dia seguinte, quando o sábio passou pela modesta casa em que vivia Jacó Simon, encontrou o judeu risonho e satisfeito. Sentia-se perfeitamente feliz em companhia da meiga Sorelé e de seus quatro filhinhos.

— Que tal achas, agora, a tua casa? — indagou o venerando Baal Schem.

Respondeu Jacó intimamente satisfeito, e toda sua face reluzia de prazer:

— Eis a verdade, ó rabi! Livre da vaca e livre também da cabra, a nossa casa é uma delícia! Sinto-me bem dentro dela. Já podemos respirar e viver! Há até lugar de sobra para as crianças!

Estava feito o prodigioso milagre.

Baal Schem transformara numa vivenda ampla e confortável o mísero casebre do judeu!

Quantas vezes, meu amigo, não tenho tido ensejo de exclamar, ao julgar certas ocorrências de minha vida, comparando o presente com o passado:

— Estou com muita sorte! Retirei a vaca da sala de jantar!

Conto israelita de origem folclórica, apresentado sob diversas formas, em várias antologias judaicas. Os artifícios empregados pelo Baal Schem para assegurar a tranquilidade dos israelitas, reafirmar o seu prestígio e consolidar o sentimento religioso do povo dão assunto para uma abundante e variadíssima literatura.

Hospitalidade para os cavalos

Dois jovens, dotados de grande saber, peregrinavam de terra em terra, mal trajados e obscuros. Chegaram uma noite à cidade de Lodmir, e ninguém quis dar-lhes pousada, exceto um pobre *hassid* chamado Reb Aarão. Anos depois, quando os dois se tornaram *zaddikins* de renome, chegaram de novo a Lodmir, dessa vez numa bela carruagem. O homem mais rico da cidade ofereceu-lhes hospitalidade, mas os dois sábios se dirigiram para a casa de Reb Aarão. O ricaço protestou; eles porém, replicaram:

— Somos as mesmas pessoas a quem não destes a menor atenção quando paramos aqui, há poucos anos. Daí, é de crer que o vosso acolhimento, neste momento, não seja propriamente para nós, mas sim para a nossa carruagem e para os nossos belos cavalos. Para os cavalos, estamos prontos a aceitar a vossa hospitalidade.

O episódio intitulado "Hospitalidade para os cavalos" se enquadra no imenso anedotário hassídico, que constitui, sem dúvida, interessante capítulo da literatura israelita. *Hassid* é termo hebraico equivalente a beato e designa aquele que se fez adepto do movimento místico-religioso que se verificou entre os judeus polacos no século XVIII. O rabino *hassid* era chamado *zaddik*, o justo. Cf. L. Newman e Samuel Spitz, *Antologia hassídica*, apud Lewis Browne, op. cit.

Xibolet

No país de Galaad viveu, outrora, um valente príncipe chamado Jefté, que muitas vitórias alcançou contra os inimigos de seu povo. Jefté era judeu e governava um povo judeu.

Aconteceu que outra tribo, também de judeus — a de Efraim —, movida por negra inveja e ambição, resolveu apoderar-se dos rebanhos e das terras de Galaad. Informado de que os efraimitas haviam atravessado o Jordão e invadido os seus domínios, iniciando, desse modo, uma agressão covarde e iníqua, organizou Jefté uma aguerrida tropa de Galaad e marchou contra os invasores. Foram estes vencidos e tiveram que fugir.

Para impedir a fuga dos inimigos, ordenou Jefté que uma de suas colunas, postada na margem oposta do Jordão, se apoderasse de todos os pontos em que esse rio pudesse oferecer fácil passagem. E assim os soldados de Jefté, por ordem do príncipe, vigiavam dia e noite todos os vaus do sinuoso rio.

Quando um judeu desconhecido descia das terras de Galaad em busca da margem oposta, os esculcas de Jefté o prendiam. Seria aquele homem um agressor inimigo que abandonava Galaad ou um aliado fiel que retornava à sua aldeia?

Os soldados o interrogavam com precaução:

— Acaso és efraimita?

O suspeito replicava logo com azedume:

— Deixem-me passar. Sou da tribo de Jefté, sou de Galaad!

A desconfiança esparzia sobre a identidade do prisioneiro as cinzas da incerteza. Estaria o homem mentindo? Como apurar a verdade?

O próprio Jefté, consultado pelos seus oficiais, não sabia como decidir.

Um dia se achava o chefe vencedor em sua tenda de guerra quando um ancião de Galaad foi procurá-lo. Era um sábio. Estudara os dialetos das diversas tribos e conhecia os mil segredos do linguajar dos povos.

— Príncipe! — declarou o sábio. — Existe em nosso idioma — o hebraico — uma palavra dotada de um dom extraordinário. Essa palavra pode revelar se uma pessoa qualquer pertence à nossa tribo ou se perfila entre os inimigos que desejam a ruína e a destruição de Galaad.

Jefté, sensato e inteligente, venerava os sábios. Perguntou-lhe, pois:

— Que palavra é essa?

— É a palavra *xibolet* — esclareceu o filólogo. — Um homem de Efraim pronuncia esse vocábulo de um modo especial: "cibolete" (a primeira sílaba denuncia logo a diferença!) ao passo que os nossos amigos articulam claramente: "xi-bo-lé-te"!

Nesse mesmo dia determinou Jefté que todos os suspeitos fossem interrogados pelos vigilantes que guarneciam as passagens livres do rio.

— Acaso és efraimita?

Respondia, em geral, o interpelado com sobranceria impertinente:

— Ora, deixem-me passar! Sou de Galaad! Pois não veem?

Tal explicação não bastava. Os soldados de Jefté insistiam:

— Dize, então: *Xibolet*!

E tudo ali, no mesmo instante, se decidia. Se o interrogado falseava na pronúncia de *xibolet* (impossibilidade de articular bem a primeira sílaba), era logo degolado.

E foram, assim — afirmam os historiadores —, por causa dessa palavra sinistra, sacrificados 42 mil prisioneiros!

A narrativa desse episódio se encontra em Malba Tahan, *Aventuras do rei Baribê*. Veja, no glossário que acompanha este livro, a palavra *xibolet*. O episódio alusivo a este conto é citado na Bíblia, em Juízes, XII, 6.

O nosso inimigo

A velha rata, que vivia no bosque, mandou o filho em busca de comida; recomendou-lhe, porém, que se guardasse do inimigo. O ratinho, na primeira curva do caminho esbarrou, de repente, com um galo; voltou correndo ao pé da mãe, transido de susto, e descreveu o inimigo como um bicho soberbo, de crista arrogante e vermelha.

— Não é esse o nosso inimigo — sentenciou a rata.

E ordenou ao filho que saísse outra vez. O segundo encontro do ratinho foi com um peru, que o deixou meio morto de pavor.

— Minha mãe — lamuriou ele, arquejando —, vi um demônio enorme e emproado, de olhar terrível, pronto para matar.

— Também não é esse o nosso inimigo — tranquilizou-o a mãe, com docilidade comovida. — Nosso inimigo caminha silencioso, de cabeça baixa como uma criatura muito humilde, é macio, discreto, de aparência amável, e deixa a impressão de ser inofensivo e muito bondoso. Se topares com ele, toma cuidado!

Fujamos, pois, desse perigoso inimigo de aparência amável, que se finge solícito e prestativo, e que no entanto só deseja nossa ruína e nossa perdição.

Esta curiosa fábula é atribuída a um *hassid* apelidado Kobriner. Foi incluída no capítulo "Doutrinas e histórias hassídicas" do livro *Sabedoria de Israel*, de Lewis Browne, trad. de Marina Guaspari.

A sombra do cavalo

Certo comerciante se queixou ao Primislaner de que outro indivíduo abrira um armazém rival na mesma rua em que ele tinha a casa comercial e que, com isso, iria roubar-lhe toda a freguesia e arruinar-lhe, assim, o meio de vida. O rabi olhou muito sério para o descontente e interrogou-o:

— Já viste o cavalo, levado ao rio para beber, bater com as patas na água e escavar a terra?

— Sim — replicou o merceeiro, compenetrado. — É porque está com muita sede.

— Não, meu amigo — elucidou o rabi. — A razão é outra. Nada tem a ver com a sede. Ao abaixar a cabeça para beber, o cavalo vê a própria sombra, e assustado, toma-a por outro cavalo, que também esteja bebendo; e, com medo de que não haja água suficiente para ambos, tenta escorraçar o intruso. Bate com as patas, agita a lama e torna suja e impura a água que era clara e límpida. Na realidade, toda a inquietação do animal não tem razão de ser; o rio oferece água de sobra e, mesmo que fossem muitos os animais, poderiam todos beber fartamente. Tu também receias um concorrente imaginário. Lembra-te, porém, de que a fartura de Deus corre perene como um rio e dá abundantemente para todos.

Nesse trecho — "A sombra do cavalo" — é citado um *hassid* famoso, Aarão Leib Primislaner (falecido em 1852). Do livro "Antologia Hassídica", de Louis Newman e Samuel Spitz, apud Lewis Browne, op. cit., p. 505.

Terra milagrosa

*A soberba precede a ruína, e a altivez do espírito
denuncia a queda.*

SALOMÃO

Um velho *malamed*, que eu conheci entre os judeus mais pobres de Malta, me contou certa noite a famosa lenda que os rabis repetem há mais de mil e oitocentos anos:

Vivia outrora a Judeia escravizada ao jugo de Roma, e o destino dos filhos de Israel era como um passatempo capaz de recrear as horas de lazer de Tibério César. Tibério! Nome menos odiado do que temido e mais temido do que respeitado.

Os homens mais ricos de Jerusalém compreenderam que seria prudente captar as boas graças do tirano. E para isso enviaram a Roma um mensageiro com riquíssimo presente que devia ser entregue ao próprio imperador.

Consistia a dádiva dos israelitas numa pequena caixa cheia de pedras preciosas: brilhantes, rubis, pérolas e esmeraldas. A coleção, por sua beleza, deslumbraria o artista, e pela sua riqueza arrebataria o ambicioso. Ao receber o precioso escrínio, era possível que César olhasse com mais simpatia para a triste sorte dos seus numerosos súditos que arrastavam uma vida de privações na longínqua província da Ásia.

Isaac, o enviado dos judeus, era um homem honesto, de sentimentos puros, e de alma simples.

Ao chegar a Roma, acolheu-se a uma hospedaria que lhe pareceu segura. Enganou-se na escolha. O dono dessa hospedaria não passava de refinadíssimo ladrão, e sem que Isaac percebesse, retirou da caixa as pedras preciosas e encheu-a de terra.

No dia seguinte o judeu, levando sob o braço o presente, foi recebido em audiência solene pelo imperador romano.

Aberta a caixa, Tibério ficou surpreendido ao vê-la cheia de terra. A decepção exasperou-o e, tomado de grande rancor, esbravejou:

— Ó cão miserável! Por Júpiter! Não se ofende impunemente a César, senhor de Roma!

E, voltando-se para Lucius, seu auxiliar de confiança, ordenou em novo assomo de ira:

— Que seja degolado o mensageiro dos judeus.

Lucius, o nobre romano que devia fazer com que a sentença fosse cumprida, era um homem sensato e piedoso; e, compadecido pela desdita do judeu, deliberou salvá-lo. Disse então ao soberano, num tom de voz timidamente insinuante:

— César! A vossa ordem pode traduzir uma injustiça capaz de abalar as colunas do Templo! O presente que o judeu vos trouxe, ao parecer desvalioso, talvez represente uma riqueza incalculável para o povo romano!

— Como assim? — estranhou Tibério. — Não percebo o sentido de tuas palavras, meu caro Lucius. Que valor poderá existir em um punhado de terra?

— Existe na Judeia — acudiu Lucius com amável interesse — um jardim onde Diana repousou três vezes, e as terras que formam esse recanto os deuses tornaram milagrosa. Quem sabe se essa terra que chega hoje da Palestina não é um punhado da "terra milagrosa" do jardim encantado? Vale a pena experimentar.

— Teu conselho é razoável — concordou o imperador, fortemente estimulado na sua curiosidade. — Experimentemos os efeitos milagrosos da terra, e depois resolverei sobre o destino a dar a esse mísero israelita.

Nesse mesmo dia um general romano ia partir para a guerra. Lucius aconselhou ao imperador que fizesse cair um pouco da terra milagrosa sobre os ombros do general. O efeito foi maravilhoso. As forças romanas desbarataram o inimigo e obtiveram esmagadora vitória.

A dúvida desapareceu do espírito de César. O punhado de terra com que os judeus o haviam presenteado era um talismã, capaz de trazer para Roma, a invencível, todas as glórias e todas as riquezas.

A primitiva sentença do imperador foi revogada. Ordenou que dessem ao judeu uma bolsa cheia de ouro, o fez passear em triunfo pelas ruas de Roma e, em sinal de regozijo, ordenou que se realizasse no circo um grande espetáculo.

Isaac, antes de iniciar sua viagem de regresso, teve ocasião de pernoitar na mesma hospedaria em que havia sido roubado. O indigno estalajadeiro ficou admiradíssimo ao ouvir o relato dos episódios ocorridos no palácio de César e quase morreu de inveja ao conhecer as honrarias com que o israelita fora distinguido. E tudo isso por causa da terra que ele próprio pusera dentro da caixa para ilaquear a boa-fé do judeu!

E, dois dias depois, o dono da hospedaria foi ter à presença de Tibério. Estava certo de conquistar a amizade do imperador pois levava — para oferecer de presente a César — uma caixa cheia de terra, e essa terra era precisamente igual àquela que fizera a fortuna do emissário judeu.

— Terra! — exclamou Tibério ao abrir a caixa que lhe trouxera o pérfido invejoso. — Será também milagrosa como aquela que recebi há tempos, de um israelita?

— De certo que sim, ó César divino — confirmou o intrujão num tom meio pedantesco, limpando a testa. —Tirei-a do mesmo lugar! Apanhei-a junto ao portão do jardim de minha casa!

Tibério, ao ouvir essa resposta, expandiu-se com uma gargalhada tão vibrante que chegou a despertar dois poetas favoritos que dormiam no fundo do salão.

— Insensato! — cascalhou o tirano, bufando, apoplético. — Julgas, porventura, que as terras do teu jardim foram também beneficiadas pela graça dos deuses! És um demente! Terra!

Para que desejo eu terra se tenho à minha disposição todas as terras do mundo?

E, tendo proferido tais palavras, ordenou Tibério, na veemência de sua fúria, que o estalajadeiro fosse arrastado com sua caixa de terra para o fundo de uma prisão, onde pereceu amargurado pelo ódio e pelo desespero que lhe enchiam o torpe coração.

★ ★ ★

E o velho *malamed*, que eu conheci entre os judeus mais pobres de Malta, ao terminar sua narrativa me disse:

— Repara, meu amigo. A terra torna-se milagrosa para salvar o justo e abre-se em chamas violentas para castigar o perverso.

Os ímpios, apesar de suas juras e trejuras, serão arrancados de cima da terra e os que obram iniquidades serão dela extirpados.

Há um caminho que parece ao homem que é direito, e contudo o seu roteiro guia para a morte. Não armes traições ao justo e não perturbes o seu repouso.

"Terra milagrosa" — várias são as versões dadas a esta lenda. Em Tahanith, 21 a, vamos encontrá-la entre as façanhas atribuídas a Nahum, o Ginzo. Cf. A. Weil, "*Contes et légendes d'Israel*, 1928, p. 95. (Tahanith é uma das subdivisões da *Michná*.)

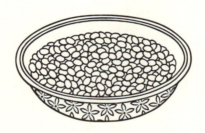

O hóspede do homem

— Aonde vais? — perguntaram ao Dr. Hillel os discípulos quando o viram, certa vez, sair de casa.
— Vou em busca de repouso para o meu hóspede!
— Tens algum hóspede em tua casa?
Respondeu o sábio com um resignado dar de ombros:
— O hóspede a que me refiro é a pobre alma que vive, como um forasteiro, em meu corpo. Hoje aqui, amanhã onde estará?

Cf. R. Cansino-Assens, *Las bellezas del Talmud*, p. 45. Rabot, p. 168, 1. Sobre a existência e imortalidade da alma, convém ler Rabi Isaías Raffalovich — *Rudimentos de judaísmo*, Rio de Janeiro, 1925, p. 17. Hillel é apontado como o mais famoso fariseu de todos os tempos.

Um dia antes

— Arrepende-te um dia antes de tua morte — aconselhava amiudadas vezes, a seus discípulos, o sábio Eliézer.

Intrigado com aquele singular conselho, um jovem interpelou o mestre:

— Porventura, ó rabi, pode o homem conhecer o derradeiro dia de sua vida? Se o último é uma incógnita, o penúltimo também o será!

Tornou prontamente o rabi, com santa paciência:

— Que se arrependa hoje, porque pode morrer amanhã.

Também Salomão recomendava com a sua sabedoria divinamente inspirada:

— "Sejam sempre cândidos teus vestidos."

— Eis uma parábola que esclarece as sábias palavras do Profeta:

Certa vez um rei organizou esplêndido festim. Para a alegre e feliz reunião convidou muitos de seus súditos, mas não assinalou a hora em que deviam comparecer. Os mais perspicazes e previdentes vestiram, desde logo, seus trajes mais finos, adornaram-se com suas joias de maior realce e aguardaram pacientes o momento em que deviam ser recebidos no palácio do príncipe. Os tontos pensavam: "Ainda há muito tempo", e se entregavam descuidados a seus insensatos caprichos. De improviso soou a hora do festim e uns e outros correram para a régia morada. O príncipe avistou os precavidos, que estavam decentemente vestidos e preparados, e os recebeu com alegria. Atentou, irritado, nos tontos, indecorosos e desasseados, e os expulsou de sua presença.

Talmude, Chabbath, p. 153, A. Cohen, *Le Talmud*, p. 159. Observe-se a analogia do trecho com a parábola cristã das virgens loucas. Alguns autores atribuem a parábola do banquete ao célebre rabi tanaíta Jochanan Ben Zaccai. Cf. Moisés Beilinson e Dante Lattes, *O Talmude*, trad. de Vicente Ragognetti, p. 117. *Shabbath* (sábado) é uma das subdivisões da *Michná*.

Amor filial

Honra teu pai e tua mãe como honras ao Senhor, porque os três tomaram parte em tua criação.

Máxima de Zohar

Ao receber da mulher a preciosa esmola, o velho solitário assim exprimiu a sua gratidão:

— Bem vejo que és boa, caridosa e simples. Queira Deus que teu filho seja dedicado, afetuoso e sincero!

A mulher sorriu orgulhosa.

— O teu voto — disse ela, num tom não isento de respeito — felizmente nada significa para mim. Estou certa de que não há filho mais carinhoso e mais abnegado. É inexcedível a dedicação que meu filho tem por mim! — E, vendo que o ancião continuava a fitá-la sereno e imperturbável, ela ajuntou com voz bem timbrada:

— Para justificar o orgulho que tenho por meu filho vou contar-te um pequeno episódio. Um dia saímos, eu e meu filho, juntos, a passeio. Em meio do caminho encontramos na estrada um trecho quase intransitável, por causa de um lençol de lama que as últimas chuvas haviam feito ali aparecer. Meu filho tinha o braço gravemente ferido e não podia, por isso, me carregar. Que fez ele então? Não querendo que eu maculasse as sandálias na lama da estrada, deitou-se no chão e eu atravessei o trecho lamacento pisando sobre o seu corpo! Que outra mãe, neste mundo, teria recebido de um filho querido maior prova de carinho e respeito?

O sábio respondeu com brandura, num demorado olhar:

— Minha filha, o teu coração está cheio de orgulho, mas esse orgulho não tem razão de ser! Escuta, ó mulher! Se teu filho tivesse feito por ti mil vezes mais do que fez, não teria feito nem a metade do que prescreve o Livro Sagrado em relação ao amor filial.

Este caso é por alguns autores atribuído ao Rabi Tarfon. Veja A. Cohen, *Le Talmud*, p. 236. Sobre o amor filial, muitas seriam as citações talmúdicas: Pea, 15 c; Kidouchim, 31 a etc. Pea e Kidouchim são subdivisões da *Michná*.

A luz do gueto

Levantai-vos, Senhor, atendei ao meu direito, meu Deus e meu Senhor, e defendei a minha causa. Arranca de vossa espada e vedai a passagem aos que me perseguem.
DAVI

Uma noite, como aliás costumava fazer frequentemente, o imperador Francisco José saiu sozinho de seu palácio e foi passear incógnito pelas ruas desertas de Viena, a fim de observar pessoalmente os costumes de seu povo. Ao regressar ao palácio notou o monarca uma luzinha a cintilar no meio da imensa escuridão do casario.

"Quem estará de vigília por esta hora tão avançada da noite?", pensou o rei. "Algum enfermo ou um criminoso insone tentando afugentar as sombras negras do remorso? Ou — quem sabe? — um sábio, estudioso dos grandes problemas da vida, para os quais os dias são demasiado curtos, que prossegue pela noite adentro suas intermináveis pesquisas?"

E, interessado naquele mistério, o imperador resolveu desvendá-lo. Procurando alcançar o ponto luminoso que o atraía, foi ter, depois de percorrer várias ruas tortuosas, às portas do gueto de Viena. Encostados a um marco de pedra, juntos às correntes, os guardas que zelavam pela segurança do bairro israelita dormiam descuidosos. O quarteirão judaico estava imerso em profundo silêncio, como se temesse despertar a cristandade adormecida na capital austríaca; o *bel-hamedrach*, o *Kheder* se fecharam, e só no *Schill* ardiam as velas sagradas da comemoração dos mortos. De *quela* em *quela*, depois de percorrer o labirinto do gueto, chegou o rei à casa humilde onde brilhava a luz que atraía a atenção. Pela porta entreaberta vinha do interior da estranha morada um ruído descompassado e persistente que impressionou profundamente o monarca.

"Aqui há mistério", refletiu o rei, afagando a barba. "Vive nesta casa algum rabino, teimoso, que cultiva, em segredo, a terrível Cabala! Vejamos o que vai, afinal, por este antro da magia negra!"

Resoluto, o rei a porta empurrou e parou estupefato ante o espetáculo que surgiu diante de seus olhos. Encostado a uma banca rústica de trabalho, um carpinteiro jovial cantarolava uma alegre canção enquanto aplainava um pedaço de madeira. Quando o visitante entrou, ele exclamou, interrompendo o trabalho:

— Louvado seja Deus que vos trouxe à minha casa! Que a paz do Senhor seja convosco!

E, sem reconhecer no inesperado hóspede o poderoso soberano austríaco, o carpinteiro lhe perguntou:

— Que boa estrela vos trouxe até aqui?

Respondeu-lhe Francisco José:

— Enganei-me nas ruas, e andando a esmo, no escuro, vim ter ao gueto. Vendo a tua casa iluminada, e aberta a porta, tomei a liberdade de entrar!

— Bem vejo que sois estrangeiro — replicou o judeu. — Ofereço-me, portanto, para conduzir-vos de volta, pois me gabo de conhecer, como a palma desta mão, todas as ruas do gueto, e por elas posso ser guia seguro a qualquer hora.

Pediu-lhe porém o rei que não interrompesse o que fazia, por entender, com boas razões, que estaria premido por graves circunstâncias quem assim invertia a ordem natural das coisas, entregando-se, em horas mortas, a tão exaustivo mister.

— Se trabalho à noite — respondeu o carpinteiro — é porque não me bastam as horas do dia!

E ajuntou com um vagar distraído:

— São muitas as obrigações que tenho, e hei de satisfazê-las todas...

— E quanto ganhas por todo esse trabalho? — perguntou o imperador. — Julgo que terá um belo salário!

— Ganho duas coroas por dia! — informou o israelita. — Bem sei que é magra a quantia, mas chega perfeitamente para prover a todos os meus compromissos.

— Duas coroas! — estranhou o rei, remoendo de curiosidade — É positivamente ridículo! E como consegues viver com tão insignificante ganho? Quais são os compromissos que tens?

— Essas duas coroas — confirma o carpinteiro — são suficientes para os gastos do presente, pagamento de minhas dívidas atrasadas e garantia do meu futuro!

Pasmou o soberano ao ouvir tal resposta.

Era incrível! Como podia um homem com tão pouco dinheiro atender a tantas despesas?

— Permita-me que não creia nesse prodígio econômico — disse-lhe a gracejar o rei.

— Não há nisso prodígio algum, ó amigo! — explicou o judeu. — Mantenho a mim e à família, logo tenho dinheiro para os gastos do presente; saldo as minhas dívidas atrasadas, porque tenho a meu cargo a subsistência dos meus velhos pais que me criaram; e garanto o futuro, porque educo o meu filho, que será o meu amparo quando eu não mais puder empunhar esta plaina e a velhice vier botar-me para aí imprestável.

Sorriu o rei ao ouvir a engenhosa explicação, e depois de meditar um instante assim falou:

— Escuta, meu amigo. Devo dizer-te, antes de tudo, que sou o imperador Francisco José. Estou sinceramente encantado com a sábia resposta que acabas de proferir, e reconheço alto mérito na maneira simples e organizada com que vives uma vida que me parecera tão difícil. E como quero recompensar-te por teu amor ao trabalho e honradez, vou dar-te, como prêmio, cinquenta ducados de ouro. Essas moedas contêm todas a minha efígie!

E, entregando o precioso pecúlio ao judeu, o monarca continuou com voz rolada e forte:

— Exijo, porém, que não ensines a mais ninguém a curiosa solução do problema da tua vida. Se me desobedeceres, virei buscar-te pelo pescoço. E a minha justiça para os desobedientes é inflexível, não perdoa!

Caiu o judeu de joelhos, em submissa admiração, agradecendo a valiosa dádiva e suplicando para o grande soberano todas as bênçãos do céu. Em seguida o acompanhou até às portas do gueto.

— *Scholem Aleichem!*

★ ★ ★

Por esse tempo tinha o imperador Francisco José um ministro muito presunçoso, que se dizia capaz de solucionar qualquer questão que lhe fosse proposta. Resolveu, pois, castigar o vaidoso, dando-o à irrisão do povo cuja admiração granjeara dizendo-se o maior sábio do mundo.

No dia seguinte o monarca mandou chamá-lo, e na presença dos cortesãos e oficiais da corte disse-lhe com um risinho deleitado:

— Se és, na verdade, como constantemente apregoas, um grande sábio, vais responder-me à seguinte pergunta: como é possível um homem, chefe de pequena família, com duas coroas por dia, sustentar o presente, pagar as dívidas atrasadas e economizar para o futuro?

— Majestade — respondeu o ministro sorrindo orgulhoso —, isso é impossível! Com tal quantia como pode um homem, por mais econômico e modesto que seja, sustentar mulher e filhos, pagar dívidas e ainda economizar para o futuro?

— Garanto-te que estás enganado — contrariou o soberano.

— O caso é perfeitamente possível e vou conceder-te o prazo

de três dias para lhe dar explicação. Se ao fim desse prazo não me apresentares uma solução satisfatória, ficará publicamente provada a tua ignorância e a tua desmedida presunção.

Retirou-se o ministro acabrunhado, e por mais que meditasse sobre o problema, consultasse os alfarrábios e ouvisse os mais acatados economistas de Viena, nada conseguiu adiantar.

A seu ver, com tão pouco dinheiro, não poderia um mísero mortal fazer face a tanta despesa: sustentar o presente, pagar as dívidas atrasadas e economizar para o futuro!

A última noite do prazo estava a findar-se e o orgulhoso ministro ainda vagava desesperado pelas ruas da capital austríaca, sem atinar com a solução do intrincado problema, quando avistou muito ao longe, no gueto, a mesma luzinha que dias antes atraíra a atenção do rei.

"Uma luz?", considerou o ministro, "só um sábio ou um rabino estudioso seria capaz de ficar acordado até tão tarde. Quem sabe se ele poderá ajudar-me nesta grave dependura? Além do mais os judeus são mestres abalizados em questões financeiras!"

Grande foi, porém, a desilusão do nobre cristão quando verificou que a misteriosa luz iluminava apenas a banca humilde de um carpinteiro. Contudo, em desespero de causa, apresentou-lhe o problema que o atormentava.

Respondeu o judeu com certa secura:

— A solução que procura sei dá-la eu, mas não posso fazê-lo sem arriscar a vida!

— Dize-me — insistiu o fidalgo com curiosidade refervendo. — Faço o maior empenho. Receberás de mim dez ducados!

— Não posso!

— Cem ducados!

— É impossível!
— Mil ducados! Dou-te mil ducados em troca dessa famosa solução.

Não conseguiu o pobre judeu resistir à tentação do ouro e, no impulsivo calor do diálogo, aceitou a oferta do ministro.

★ ★ ★

No dia seguinte, à hora da audiência, o vaidoso fidalgo compareceu diante do rei, e, sem a menor hesitação, apresentou-lhe a forma admirável de solucionar o problema.

O soberano percebeu imediatamente que havia sido traído. Ordenou, pois, trouxessem o carpinteiro à sua presença.

— Súdito infiel! — clamou o rei numa irritação crescente. — Ousaste desobedecer-me e vais pagar com a vida o teu louco atrevimento!

— Senhor — balbuciou o judeu, branco como a cal, ajoelhando-se humilde diante do monarca —, confesso-me culpado e merecedor do castigo de morte. Devo dizer-vos, porém, que só arrisquei a vida para ter a satisfação infinita de admirar mil vezes a vossa adorada efígie!

Riu o velho soberano ao ouvir a inteligente resposta do judeu e deliberou perdoá-lo, dando-lhe ainda como recompensa outros mil ducados de ouro.

Do folclore judaico, segundo uma narrativa de Elias Davidovich.

Do prazo de Deus

Deus é minha luz e minha salvação;
A quem temerei?
Deus é o baluarte de minha vida;
De quem terei medo?

DAVI

Sucedeu que, indo a Roma, Rabi Samuel achou casualmente rica pulseira pertencente à rainha. Dirigiu-se o rabi, sem demora, para o palácio onde pretendia restituir a joia. Em meio do caminho, porém, encontrou um arauto que percorria a cidade, de rua em rua, proclamando:

— Quem restituir a pulseira, dentro de trinta dias, receberá como recompensa quinhentas moedas de ouro. Aquele que conservar a joia, em seu poder além desse prazo, se for descoberto, será decapitado.

Ao ouvir aquela ameaça Rabi Samuel desistiu de levar a termo seu louvável intento; conservou a joia e só a devolveu no fim de 31 dias, isto é, depois de terminar o prazo da proclamação.

Informada do caso, a rainha mandou chamá-lo e interpelou-o numa afável ameaça:

— Não estavas, ó judeu, informado da minha decisão?

— Estava ciente de tudo — respondeu o rabi.

— Por que, então, não cumpriste a ordem? Que motivo te levou a aguardar o término do prazo por mim fixado?

O douto israelita explicou sem afetação seu cálculo:

— Cumpria-me devolver a joia por temor de Deus. Mas se eu fizesse a devolução dentro dos trinta primeiros dias ouviria de todos: "Ele assim procedeu por temor da rainha e não por temor de Deus." Sobre meus amigos e discípulos causaria, certamente, a minha atitude deplorável impressão. É meu dever educar aqueles que vivem sob minha orientação. Várias vezes eles têm ouvido de mim: "O temor de Deus é o princípio de toda a sabedoria." Ora, o temor de Deus é incompatível com as ameaças humanas. Aguardei portanto que o vosso prazo terminasse, e reiniciado o prazo de Deus deliberei restituir imediatamente a joia.

E o rabi concluiu elevando intencionalmente a voz, com fulgurante convicção nos olhos:

— A devolução só devia ser feita dentro do prazo de Deus!

Sorriu a rainha ao ouvir aquela resposta, e resolvida a confundir o filósofo, interpelou-o novamente num desvanecimento ingênuo:

— E se o meu prazo, em vez de se limitar a trinta dias, fosse de dez, vinte ou trinta anos?

— De qualquer modo — persistiu o Rabi Samuel, com gravidade e segurança —, o vosso prazo seria finito, ao passo que o prazo de Deus só prescreve com a Eternidade!

A rainha, surpreendida por tão sábias palavras, vencida pela sublimidade do conceito, exclamou comovida, no seu deslumbramento:

— Louvado seja o Deus dos judeus!

O episódio é encontrado em T. J. Nana Mezia, 2:5. Cf. Lewis Browne, op. cit., *Sabedoria da Gemara*, p. 156. Observação: as abreviaturas T. J. e T. B. indicam, respectivamente, "Talmude de Jerusalém" e "Talmude da Babilônia".

O cavalo bravio

Um aldeão, homem rude mas sincero, se queixou ao *kobriner* de que o mau impulso o dominava constantemente e o arrastava ao pecado.

— Sabes montar a cavalo? — perguntou o rabi.

— Sei — respondeu prontamente o aldeão —, e monto com muita perícia. Sei até lidar com cavalos bravios.

— Que fazes, se te sucede cair?

— Monto outra vez — retorquiu o homem, em tom folgado, com certa empáfia.

— Pois bem: faze de conta que o mau impulso seja o cavalo — sentenciou o rabi, num rir de inteligência —, se caíres, torna a montar. No fim domarás o cavalo bravio e andarás pela vida sem receio.

Cf. Louis Newman, op. cit. apud Lewis Browne — *Sabedoria de Israel*, trad. de Marina Guaspari, p. 506, no capítulo "Doutrina e histórias hassídicas".

Três coisas

Um estudante medíocre, de apoucada vivacidade, queixava-se, meio enleado, ao *riziner*, de lhe faltarem belas roupas, uma vivenda confortável e uma linda esposa — as três coisas que, segundo o Talmude (Berackhoth, 57) servem para dilatar a inteligência.

— Repara, meu filho — segredou-lhe o mestre —, que essas três coisas servem só para desenvolver a inteligência do homem e não para criá-la. De que te adiantariam elas?

Doutrina e histórias hassídicas. Apud. Lewis Browne, op. cit., p. 503. Convém observar a forma irônica e indelicada com que o *riziner* atende ao aluno. As advertências desse rabi seriam sempre chocantes para um verdadeiro educador.

O herdeiro legítimo

Um israelita rico, que vivia em sua bela propriedade muito longe de Jerusalém, tinha um filho único, que mandou para a Cidade Santa para se educar. Durante a ausência do jovem, o pai adoeceu repentinamente. Vendo a morte aproximar-se, fez seu testamento pelo qual instituiu universal herdeiro um escravo, com a cláusula que a seu filho seria permitido escolher da rica propriedade uma coisa que ele quisesse. Assim que o patrão morreu, o escravo, exaltando de alegria, correu a Jerusalém para informar o filho do que se tinha passado, e mostrar-lhe o testamento. O jovem israelita ficou possuído do maior desgosto. Ao ouvir essa notícia inesperada rasgou o fato, pôs cinzas na cabeça, e chorou a morte do pai, que amava ternamente, e cuja memória ainda respeitava. Quando os primeiros arrebatamentos de sua dor tinham passado e os dias de luto acabaram, o jovem encarou seriamente a situação em que se encontrava. Nascido na opulência, e criado na expectativa de receber, pela morte do pai, as propriedades a que tinha tanto direito, viu ou imaginou ver as suas esperanças perdidas, e as suas perspectivas mundanas malogradas. Nesse estado de espírito, foi ter com seu professor, um homem afamado pela sua piedade e sabedoria, deu-lhe a conhecer a causa da sua aflição, e o fez ler o testamento; e na amargura do seu desgosto, atreveu-se a desabafar os seus pensamentos — que o pai, fazendo tal testamento, e dispondo tão singularmente dos seus bens, não tinha mostrado bom senso, nem amizade pelo seu filho único.

— Não digas nada contra teu pai, meu jovem amigo — declarou o piedoso instrutor. — Teu pai era ao mesmo tempo um homem dotado de grande sabedoria e a ti, especialmente, de uma dedicação sem limites. A prova mais evidente é esse admirável testamento.

— Esse testamento! — exclamou o jovem torcendo os lábios em expressão de amargura —, esse deplorável testamento! Convencido estou, ó rabi —, de que não aprecias o caso com discernimento de homem esclarecido. Praticou meu pai uma indignidade. Não vejo sabedoria em conferir os seus bens a um escravo, nem amizade em despojar o filho único dos seus direitos legítimos.

— Teu pai nada disso fez — rebateu com segurança o mestre —, mas como pai justo e afetuoso garantiu-te, nos termos desse testamento, a propriedade plena de tudo, se tiveres o bom senso de interpretar com acerto as cláusulas testamentais.

— Como? Como? — exclamou o jovem com o maior espanto. — Como é isso? Cabe-me a propriedade integral? Na verdade não compreendo.

— Escuta, então — acudiu o rabi. — Escuta, meu filho, e terás motivo para admirar a prudência do teu pai. Quando viu teu bondoso pai a morte aproximar-se, e certo de que teria de seguir o caminho que todos seguem mais cedo ou mais tarde, pensou de si para consigo: Hei de morrer; o meu filho está longe demais para tomar posse imediata de minha propriedade; os meus escravos, assim que se certificarem de minha morte, saquearão a minha casa, e para evitar serem descobertos, hão de esconder a minha morte a meu querido filho, e assim privá-lo até do triste consolo de chorar por mim. Para evitar essa primeira coisa, deixou a propriedade a um escravo, que decerto teria o maior interesse em tomar conta dela. Para evitar a segunda, estabeleceu a condição que poderias escolher qualquer coisa dessa propriedade. O escravo, pensou ele, para assegurar o seu aparentemente legítimo direito, não deixaria de te informar, como de fato fez, do que acontecera.

— Mas então — teimou o jovem um pouco impaciente —, que proveito tirarei de tudo isso? Qual é a vantagem que poderá resultar para mim? O escravo não me restituirá, com certeza, a propriedade de que injustamente fui despojado!

— Ah! — respondeu o bom velho —, vejo que a sabedoria pertence aos velhos. Sabes que tudo quanto um escravo possui pertence ao seu dono legítimo? E teu pai não te deu a faculdade de escolher dos seus bens qualquer coisa que quisesses? O que te impede de escolher aquele próprio escravo como a parte que te pertence? E possuindo-o, terás direito à propriedade toda. Sem dúvida era essa a intenção de teu pai.

O jovem israelita, admirando a prudência e a sabedoria do pai, tanto como a argúcia e a ciência de seu mestre, aprovou a ideia. Nos termos do testamento, escolheu o escravo como a sua parte, e tomou posse imediata de toda a herança. Depois disso, concedeu liberdade ao tal escravo, que foi, além disso, agraciado com rico presente.

Conto talmúdico. Em relação à situação dos escravos em Israel, indicamos o livro de Alfredo Bertholet, *"Histoire de la civilisation d'Israel"*, Col. Payot, Paris, 1929, p. 185.

Deus e os ídolos

Escutai, ó céus, o que vou falar;
ouça a terra as palavras de minha boca.

DAVI

Certa vez, em Roma, alguns idólatras astuciosos interpelaram o velho Rabi Simeão, apelidado "O Muito Sábio".

— Se não agrada ao vosso Deus a adoração dos ídolos, porque ele, o Todo-Poderoso, não os arrasa?

Esclareceu, com solicitude, o judicioso tanaíta:

— Se os homens só adorassem as coisas inúteis de que o mundo não precisa, Deus decerto as arrasaria. Eles adoram, porém, o sol, a luz, os astros e os planetas. Deveria o Senhor destruir o seu mundo por causa dos estultos?

Um dos romanos insistiu com pérfida vivacidade:

— Nesse caso, poderia pelo menos arrasar as coisas de que o mundo não precisa, e deixar as outras!

— Seria então fortalecer os adoradores dos astros, do sol e da lua, na sua idolatria — objetou o sábio —, os idólatras diriam, certamente: "Vede: eis os verdadeiros deuses, porque não foram destruídos."

Abodah Zarah, 546. Cf. Lewis Browne, op. cit. *Sabedoria de Gemara*, p. 155. Abodah Zarah é uma das subdivisões do Talmude.

A vida de uma criancinha

O descanso aos sábados é um dos muitos preceitos sagrados impostos aos israelitas. "É grave pecado", proclama o Talmude "profanar o sábado com trabalhos."

Perguntaram a Rabi Simeão ben Iochai, discípulo do grande Aquiba:

— Pode um homem profanar um sábado para salvar um recém-nascido?

O douto israelita fulminou a dúvida nos seguintes termos:

— Para salvar a vida de uma criancinha, pode o homem profanar o sábado com trabalhos. De um sábado profanado para tão nobre fim, resultará uma vida preciosa que poderá, depois, respeitar muitos sábados.

Cf. R. Cansino-Assens, "Las belezas del Talmud", p. 37. Veja no glossário a palavra *sábado*. Será interessante ler também "Sabatologia" no livro de Nicolau A. Rodrigues *Lendas e costumes hebraicos*.

A conta de Eva

Aos sábados realizavam os *zaddikins* interessantes reuniões que eram dedicadas aos comentários dos textos sagrados e ao estudo das alegorias e tradições israelitas.

Um dia, quando a sala se achava repleta de discípulos e curiosos, o velho *zaddik* Isaac Lip, homem de grande cultura e invulgar vivacidade de espírito, tomou da palavra e narrou o seguinte:

— Naquele dia Adão chegou ao Paraíso depois da hora habitual e já ao declinar da tarde. Percebia-se em seu rosto sinais de fadiga; em seus olhos pesavam a inquietação e o temor. Intrigada com a estranha demora do esposo, Eva o interrogou um tanto maliciosa e um tanto abespinhada: "Onde estiveste, querido, todo esse tempo? Por que demoraste tanto para chegar?" Com palavras reticentes, meio gaguejantes, desculpou-se Adão e desfiou três ou quatro desculpas que, para um habitante do Éden, não pareciam das mais aceitáveis. Eva não insistiu. Aceitou as evasivas fraquíssimas do esposo e, para evitar discórdias inúteis, deixou-o em paz. Adão, sem mais palavras, deitou-se de bruços sobre o tapete macio da relva e dormiu. Dormiu pesadamente. Eva, sentada a seu lado e nada conformada com a indiferença do companheiro, pôs-se a contar em voz alta, numa obstinação maníaca: "Um, dois, três, quatro, cinco, seis, sete, oito, nove..."

Nesse ponto o eloquente *zaddik* fez ligeira pausa e interrogou, em tom malicioso, os ouvintes:

— Surge agora, meus prezados amigos, grave problema. Que estava a Mãe Eva contando, naquela tarde, enquanto Pai Adão dormia pesadamente sobre o chão aveludado do Paraíso?

Permaneceram todos em silêncio. O enigma parecia desafiar a imaginação dos mais cultos e dos mais brilhantes talmudistas. O orador insistiu, com ar finório, sem mudar de tom:

— Vamos, respondam. Que estava a Mãe Eva contando?

E como os *zaddikins* continuassem calados, o mestre do hassidismo, com um sorriso meio velhaco, explicou:

— A nossa boa Mãe Eva, com o cuidado que só o ciúme sabe inspirar, contava as costelas do Pai Adão a fim de apurar se faltava mais alguma.

Anedota calcada numa passagem "hassídica". Cf. Lewis Browne, op. cit., p. 492, no capítulo: "Doutrina e Histórias Hassídicas".

Haniná e a lei de Deus

*Mostrai-me, Senhor, o caminho de
vossos decretos.
E o seguirei com fidelidade.
Ensinai a observar a vossa lei.
E a guardarei com todo meu coração.*

DAVI

Havia o governo de Roma proibido severamente, sob pena de morte, aos hebreus o estudo da Sagrada Lei. Mas o intrépido Kismá, sem atentar no perigo a que se expunha, predicava publicamente as sábias palavras da Lei.

Um dia, um amigo do sábio, de nome Haniná, foi fazer-lhe uma visita, e com modos afáveis e piedosos lhe falou assim:

— Amigo meu! Não compreendes que, pela vontade de Deus esta nação alcançou riqueza e poder? Não foi também Deus quem arruinou a capital de Israel reduzindo a cinzas suas casas e templos, exterminando os fiéis enquanto os romanos vivem, prosperam e triunfam? Que vale, pois, lutar contra os desígnios do Onipotente? Por que persistes em teus estudos religiosos, em teus ensinamentos públicos, e levas ainda no seio o Livro da Lei?

Responde o outro com íntima convicção:

— Não deixo, um momento, de ter confiança na justiça divina!

— Bela resposta em verdade! Apresento fatos, aponto verdades e tu me contestas com a justiça divina! Receio muito que acabes no fogo com teu Livro da Lei.

Depois de haver formulado esse triste augúrio, Haniná quedou-se um tanto pensativo; logo, movido por caprichosa curiosidade, interpelou Kismá:

— Mestre! Qual será na tua douta opinião, a minha sorte na segunda vida?

— Filho meu — redarguiu o sábio —, para julgar-te é necessário conhecer ao menos algumas de tuas obras.

— Minhas obras? Elas nada valem, mestre! Lembro-me, por exemplo, de um caso ocorrido há pouco meses. Foi-me confiada uma bolsa com pequena soma para ser distribuída em esmolas. Por distração, tomei também do dinheiro que possuía e coloquei-o na bolsa destinada aos pobres. No mesmo instante percebi meu erro; o meu dinheiro fora juntar-se ao que estava destinado a benefícios e não quis retirá-lo mais de lá, e entre os necessitados distribuí o total da bolsa.

— Oh, filho meu! — exclamou Rabi Kismá, sem ocultar a sua admiração —, se as tuas obras são dessa grandeza, que minha sorte seja, na segunda vida, precisamente igual à tua!

Estas santas palavras pronunciadas com tanta bondade e simpatia penetraram profundamente no ânimo de Haniná, e fizeram com que o jovem, daquele dia em diante, fosse tomado de viva paixão pela Lei de Deus.

Kismá terminou seus dias amado e honrado. Aos seus funerais compareceram não só os hebreus, como numerosos romanos de alto prestígio na corte de César.

Quando os romanos se retiravam, depois das exéquias do santo homem, encontraram numerosa assistência que estava atentíssima à palavra de um orador. Este era Haniná, o qual, com o Livro da Lei sobre o peito, ensinava publicamente a sagrada doutrina da fé.

Enfurecidos com a audácia do hebreu, os romanos o condenaram ao fogo, e para maior tormento e desdém colocaram sobre o peito do condenado o Livro da Lei.

Torturado por inenarráveis dores, o pobre mártir sofria sem queixas o suplício tremendo.

Sua filha, tomada de desespero, bradava:

— Esta é a recompensa à tua virtude?

Estertorava o mártir sem olhar para a jovem, o rosto voltado para o céu:

— Que importa o meu sofrimento? Não vês este Livro Sagrado que comigo vai transformar-se em cinzas? O vingador deste será meu vingador.

Seus discípulos, profundamente admirados, o contemplavam estáticos, e observando a imperturbável serenidade de seu semblante, diziam condoídos:

— Mestre! Que misteriosa visão reanima o teu espírito?

— Filhos meus! Vejo o pergaminho deste livro converter-se em cinzas, porém as palavras eternas voam para o céu!

E assim morreu o abnegado Haniná, mártir de sua inabalável fé em Deus.

Talmud Havodá Zara, p. 18. Apud R. Cansino-Assens, op. cit., p. 87. Cf. Léon Berman, op. cit., p. 60.

O cantar do galo

Um consultor hassídico decidiu estabelecer-se numa cidadezinha e, encontrando-se com o rabi da comunidade, explicou-lhe seu propósito. Surpreso, o rabi deplorou aquela ideia:

— Esta aldeia é paupérrima, meu amigo. A mim, que sou o rabi, a comunidade paga uma bagatela! Julgo bem difícil que possais viver também aqui!

Sorriu o evangelizador diante do pessimismo do rabi, e narrou-lhe a seguinte e expressiva parábola:

— Um ganso, pertencente a um dono estouvado, sofria fome, porque se esqueciam de lhe dar de comer. Um dia, o dono comprou um galo e o fechou na mesma capoeira. Impressionou-se muito o ganso ao ver o novo companheiro e lamentou sucumbido: "É agora que vou morrer de fome! Somos dois a repartir a minha pobre ração. "Não te aflijas", tranquilizou o galo, "quando tenho fome, sei cantar para lembrar ao amo a hora da ração. Assim comeremos ambos."

A narrativa feita com tanta graça e oportunidade livrou o espírito do rabi das inquietações que o torturavam. Nada mais havia a temer do futuro.

Cf. Lázaro Liacho, "Anecdotario Judío", M. Gleizer-Editor, 1945, p. 101, Lewis Browne, op. cit., p. 493. Para melhor compreensão do anedotário judaico, indicamos a leitura do interessante artigo "De l'humour juif", de Elian-J. Finbert, no livro *Aspects du génie d'Israel*, Paris, 1950, p. 390.

Evita o maldizente

Um velho mercador de Damasco, ao encontrar certa vez um de seus amigos, disse-lhe:

— Vejo-me forçado a evitar a tua companhia, porque ouvi hoje, ao sair para o trabalho, alguém insinuar torpezas a teu respeito.

Replicou o amigo, encarando-o muito sério:

— Já me ouviste maldizer de alguém?

— Não — confessou o damasceno surpreendido.

— Sendo assim — retorquiu-lhe o amigo com a mais natural segurança —, evita a companhia dos caluniadores que falam contra mim. Amanhã assacarão também calúnias e torpezas mais terríveis, talvez, contra ti.

Podemos comparar o caluniador à serpente venenosa e traiçoeira.

Conta uma lenda que os animais um dia interpelaram a serpente:

— O leão — alegaram eles —, atira-se contra a presa, mata-a e devora-a. Estraçalhada pelo lobo, a ovelha serve de alimento. O tigre, quando faminto, ataca o carneiro e arrasta-o para o seu covil. E tu, hedionda serpente, que fazes? Mordes e inoculas veneno. Ora, que proveito tiras da tua perversidade peçonhenta?

Respondeu a serpente, retorcendo-se esverdeada:

— Nada espero dos golpes venenosos que desfiro. Do mal que faço não tiro o menor proveito. E procedendo assim, traindo, envenenando, semeando a dor e a morte, não sou pior do que o caluniador.

A lenda final se encontra em Tahanit, 8 a. A parte inicial do trecho é de Ibn Gabirol, o célebre moralista, poeta e filósofo medieval. Valiosas indicações sobre Ibn Gabirol o leitor poderá encontrar no livro *Antologia judaica*, de Carlos Ortiz e Jacó Guinsburg, São Paulo, 1948, p. 51 e s.s.

O rabi milagroso

O homem deve crer em Deus mais por virtude da fé do que por obra de milagres.
BRATZLAVO

Escuta, meu amigo! Aquele velho compêndio de capa amarela que vi ontem em tuas mãos fala da vida edificante de vários rabis — que é, como sabes, o título honroso com que os judeus distinguem os chefes ilustres das comunidades israelitas.

Discorre o teu livro, estou certo, sobre os mil episódios famosos que constituem a história de Israel — o povo de Deus —, mas não faz, em suas páginas, tão cheias de elevados ensinamentos, a menor referência aos rabis milagrosos que deslumbraram os homens.

E houve no mundo, asseguro-te pelas barbas de Jacó, muitos rabis que realizaram os mais espantosos milagres.

Narremos um fato, pois só os fatos podem nos conduzir, com segurança, à Verdade.

★ ★ ★

Existia outrora no interior da Rússia, quando esse país ainda se achava sob o jugo do tsar, uma pequenina aldeia chamada Lavzte — cujo nome, como vês, é rico em consonâncias e pobre em vozes, como pretendem os gramáticos.

Essa aldeia era governada por um príncipe — o *puritz* Ivan Rodvitch — impiedoso com os míseros judeus.

A comunidade judaica de Lavzte (outra vez o nome arrevesado!) era chefiada por um rabi, sábio e prudente, chamado Ismael. Esse rabi era alvo de prestigiosa fama que assentava seus alicerces originais nos múltiplos e prodigiosos milagres por ele praticados.

Um dia foi ter à casa do rabi um pobre israelita. Era Isaac Schebana, homem rude e simplório.

Perguntou-lhe o rabi, recebendo-o com simpatia:

— Que desejas de mim, meu bom Isaac?

— Senhor — acudiu o visitante meio trêmulo, hesitante —, sei que sois milagroso e venho pedir-vos que realizeis um milagre para a salvação dos nossos irmãos judeus.

— Que milagre pretendes? — indagou curioso o rabi, com astuta intenção.

— O nosso povo — explicou Isaac — não pode mais suportar as perseguições do *puritz* Ivan. Ele tem sido de uma crueldade espantosa; inventa todos os dias novos impostos com que nos arranca as migalhas de nossas economias. Arrastam os israelitas uma existência de tristezas e privações, que só teriam termo no dia em que a nossa aldeia ficasse livre desse príncipe odiento. Desejam todos, ó rabi (e eu falo em nome dos judeus) que elimineis, com o vosso poder milagroso, o príncipe Ivan!

Percebeu o rabi que recusar a estranha solicitação feita pelo judeu seria abalar seu prestígio, e os israelitas da aldeia se tornariam descrentes de seu poder milagroso, e a sua palavra e os seus ensinamentos perderiam aquela auréola de prestígio de que tanto necessitavam. Depois de meditar alguns minutos respondeu:

— É valioso para mim o teu pedido, meu filho, e tudo farei para ser agradável aos israelitas, nossos irmãos. Esperarás por mim nesta sala. Vou fechar-me neste quarto e fazer minhas preces. É possível que o Altíssimo atenda ao meu pedido, e se isso acontecer, a nossa aldeia ficará imediatamente livre da tirania do *puritz*.

E eis o que se passou: o rabi fechou-se no quarto de orações, enquanto o judeu, na sala, aguardava ansioso a realização do milagre.

Passado algum tempo, o rabi apareceu. Tinha a fisionomia radiante e os olhos iluminados por estranha luz.

— Conseguiu? — arriscou Isaac, sem poder dominar a ansiedade que fervia em seu espírito.

— Consegui, sim, meu amigo — confirmou o rabi —, realizou-se o milagre. As minhas preces não foram feitas em vão. Seja louvado o Santo! O *puritz* morreu!

— Como?
— Repito — teimou, com firmeza, o rabi —, o *puritz* acaba de falecer. A nossa comunidade está livre desse príncipe perverso!

Isaac Schebana, ao ouvir essa espantosa revelação, esbugalhou os olhos: o seu corpo tremia de emoção. O rabi Ismael era, realmente, milagroso! Com uma prece, fazia desaparecer um potentado russo! E não podendo conter a sua admiração, ajoelhou-se e beijou respeitosamente a mão do libertador de sua gente.

— Domina a tua alegria, meu filho — atalhou o rabi. — É bem verdade que o príncipe Ivan morreu, mas antes tal não tivesse acontecido.

— Por quê?
— Pedi ao Eterno que elucidasse o meu espírito sobre o futuro dos judeus que vivem aqui. Ouvi, pois, do Altíssimo a seguinte revelação: por morte do *puritz* o governo desta aldeia será entregue a um tirano cem vezes mais perverso. Os judeus, sob a chibata do novo chefe, jamais terão tranquilidade. Os bens dos israelitas serão confiscados, e aqueles que protestarem, condenados à morte e levados à forca. Se hoje os israelitas vivem na pobreza, viverão amanhã em deplorável miséria. Seria mil vezes preferível o atual *puritz* ao seu execrando sucessor.

O bom Isaac, sucumbido, começou a chorar.

— Ó rabi — lamuriou nervoso e atarantado —, já me arrependo de ter pedido a morte do *puritz*! Que desgraça para os nossos irmãos!

— E gostarias, então — alvitrou o rabi a sorrir —, que o falecido *puritz* fosse restituído à vida e voltasse a governar a nossa aldeia?

— É esse o meu desejo — gaguejou Isaac, com apiedado respeito —, mas acho que isso seria agora impossível. Não ouso pedir-vos semelhante milagre, pois sei que matar é fácil mas ressuscitar é obra só do Santo!

— Tentemos — condescendeu o rabi, com o mesmo sorriso de suave gracejo —, nada é impossível a um coração amparado pela graça divina. Espera por mim: vou fechar-me, outra vez naquele quarto e repetir, com fervor, as minhas preces. Quem sabe se baixará, novamente, sobre a minha insignificante pessoa o auxílio infinito de Deus!

E isso dizendo, o devoto rabi se fechou pela segunda vez no tal quarto. Passados alguns minutos, reapareceu contentíssimo.

Perguntou-lhe Isaac se havia obtido a nova graça do Altíssimo.

— Fiz com a maior devoção as minhas preces e obtive a graça pedida: o *puritz* ressuscitou!

Aquelas palavras deixaram o judeu imobilizado por incalculável espanto. Com os olhos cheios de lágrimas agradeceu o segundo prodígio que o piedoso rabi havia operado para reintegrar o *puritz* ao governo da aldeia e retirou-se mais uma vez convencido de que não havia no mundo rabi mais milagroso.

★ ★ ★

O caso é que Isaac — ao deixar a casa do rabi — teve a curiosidade de ir, cauteloso, observar o que se passara no palácio do *puritz*.

Ficou, de certo modo, surpreendido ao verificar que reinava completa calma e normalidade entre os moradores da aldeia. No portão do palácio do príncipe dois ou três guardas fumavam tranquilamente e conversavam alegremente. Uma serva transportava, em pesada cesta, que equilibrava na cabeça, frutas e vinho.

O judeu acercou-se da rapariga e interrogou-a com ar misterioso:

— Então? O *puritz* morreu de repente?

— Estás louco, judeu — revidou a mulher num gesto desdenhoso. — Quem te disse que o *puritz* está morto?

— Bem sei, bem sei — tornou Isaac numa íntima vibração exultante, mas dominando-se. — O *puritz* morreu de repente e, logo depois, ressuscitou.

E, isso dizendo, não pôde abster-se de rir significativamente.

— Cão israelita! — bradou a russa exaltada. — Falas como um demente. As tuas palavras não têm sentido. O *puritz* está muito alegre, no meio de seus amigos, combinando os preparativos das festas para o Natal.

E, sem dar mais atenção ao judeu, encaminhou-se em largas passadas, para o palácio do detestável príncipe.

Isaac, erguendo então os braços para o céu, exclamou emocionado num ímpeto de sua alma ingênua:

— O nosso rabi é incomparável! Não existe no mundo outro que o exceda em milagres! Matou o *puritz*, ressuscitou-o logo a seguir... e ninguém percebeu!

Conto popular israelita, segundo a narrativa que ouvimos do Sr. Moisés Amitay, arquiteto, residente no Rio de Janeiro.

As provações do justo

*Se o justo é punido na terra, quanto mais o será
o ímpio e o pecador?*

SALOMÃO

Naquela tarde ocupavam-se os discípulos de Rabi Jonathan com os Salmos de Davi. Um dos jovens leu em voz alta: "O Senhor prova o justo; porém, ao ímpio e ao que ama a violência, aborrece a sua alma."

Competia ao mestre comentar e esclarecer essa passagem do Livro. E o doutíssimo Jonathan assim falou:

— Rico senhor foi ter à oficina de um oleiro onde pretendia adquirir vaso de alto preço. O oleiro mostrou ao visitante bela coleção de vasos e começou a experimentá-los, batendo de leve. Mas não experimentava todos. De quando em vez, tomava de um vaso, olhava-o e deixava-o de lado. O comprador lhe perguntou, apontando para os vasos que haviam sido desprezados: "Por que não experimentas também aqueles?" "Não adianta", respondeu o oleiro, sem titubear, "são vasos trincados. Neles não posso bater. Qualquer deles, à menor pancada, ficaria em estilhaço. Só experimento os sãos, os perfeitos, sem emendas. Estes resistem aos choques mais fortes e podem ser úteis e preciosos."

"E assim", rematou o Rabi Jonathan, "à semelhança do oleiro, Deus não experimenta o perverso, deixa-o; e vai tocar no justo que pode resistir e salvar-se."

Eis o que, a tal respeito, ensinava o bondoso Rabi José ben Hanina:

— O vendedor de linho, sabendo que o seu linho é bom, pisa-o e repisa-o, na certeza de que esta operação melhorará o produto. O bom linho, quanto mais batido, mais brilho e valor terá. Mas, quando sabem que o linho é de má qualidade, não se atreve a pisá-lo, pois a fibra se partiria. Pela mesma razão o Senhor não oprime o mau e sim o justo.

Não menos expressivas eram as palavras do Rabi Eleazar:

— Certo lavrador tinha dois bois; um fraco e o outro forte e robusto. Em qual deles punha o lavrador a canga? Sobre o mais forte. Assim faz o Senhor com o homem justo.

Bereshit Rabbah, 32. Cf. A. Cohen *Le Talmud*, p. 169. Reúne este trecho ensinamentos de três rabinos notáveis.

A alma e o corpo

Como vigias de um belíssimo pomar, pôs o príncipe Tavir um cego e um coxo. Cumpria ao cego, dotado de ouvido muito apurado, gritar ao mais leve rumor, e o coxo devia estar sempre atento e vigilante para surpreender qualquer intruso. O príncipe lhes recomendou sobretudo que guardassem, com o maior cuidado, os frutos da ameixeira, preciosos frutos, em verdade.

Refletiu o príncipe: "Não serei roubado por esses guardas. Um é cego e não vê os frutos maduros; o outro é coxo e não os poderá alcançar."

Durante as horas de vigia, o coxo, com palavras exuberantes e comparações fantasiosas, descreveu ao cego os deliciosos frutos de que as árvores estavam pesadas.

Insinuou o cego em tom meio cauteloso:

— Que fazemos nós que não os colhemos?

— E como apanhá-los, meu amigo — lamentou o coxo —, tu és cego e eu mal posso andar.

— Não passas de um tolo! — obtemperou o cego. — Arrasta-te, se puderes, até aqui, pois já encontrei o meio de resolvermos o caso.

Arrastou-se o coxo até o lugar em que se achava o cego; este colocou o aleijado às costas e, guiado por ele, pôde aproximar-se da ameixeira mais carregada. Aí o coxo colheu muitas frutas, que ambos saborearam.

Horas depois, o príncipe foi observar o pomar e certificar-se da eficiência dos novos vigilantes. Ao primeiro golpe de vista nas suas árvores prediletas, percebeu que havia sido roubado.

Era preciso descobrir os culpados. Interrogou os guardas.

— Senhor! — declarou o coxo com fingida humildade —, como poderia eu saquear uma árvore, alcançar-lhe os galhos, se mal posso me arrastar de um canto para outro?

Acudiu logo o cego com hipócrita compostura:

— E eu, senhor! Como poderia arrancar os frutos maduros se não tenho olhos para ver e tudo são trevas ao redor de mim?

— Muito bem! — concluiu refletidamente o príncipe. — Não duvido que estejam ambos inocentes.

Tendo, porém, meditado sobre o caso, descobriu logo o ardil que os seus desonestos empregados haviam posto em prática. Chamou dois guardas e ordenou que colocassem o coxo às costas do cego e aos dois (assim agrupados) mandou, com ferina decisão, aplicar uma série de bastonadas.

Assim, também, no Dia do Juízo, a alma dirá, para justificar os seus erros:

— Só o corpo é culpado; só ele cometeu o pecado. Quando nasci, voava puríssima como um pássaro.

E o corpo, receoso do castigo, insistirá com momices na voz e no gesto:

— Senhor! Só a alma é culpada; ela é que me impelia à infâmia e ao pecado; eu, pobre de mim, nada fiz! Como poderia incidir no erro se a alma não me animasse?

E Deus, o Supremo Juiz, colocará de novo a alma dentro do corpo e dirá:

— Eis aqui como haveis pecado. E, assim, só assim, será feita Justiça!

Rabot, p. 169, 2. Cf. R. Cansino-Assens, op. cit., p. 232. Esta belíssima parábola é atribuída ao famoso Rabi Jochanan Ben Zacai, discípulo do Grande Hillel. Achava-se o Rabi Jochanan em Jerusalém quando essa cidade foi atacada e destruída por Tito. Cf. Moisés Beilinson, op. cit., p. 117.

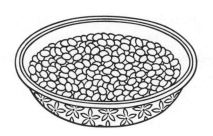

Um prato de lentilhas

Certa vez estava Jacó a guizar um prato de lentilhas quando apareceu Esaú, que regressava de fatigante caçada.

— Dá-me — implorou Esaú — um pouco desta comida, que estou a cair de fome.

— Pois não — concordou Jacó —, mas em troca terás de ceder-me o direito de primogenitura. Serve-te a troca?

"Estou a morrer de fome", refletiu Esaú, "de que me serve a primogenitura? E esse guizado parece excelente e apetitoso."

E, sem mais hesitar, aceitou a proposta do irmão e respondeu:

— Prometo concordar com a troca.

— Exijo que essa promessa seja feita sob juramento — condicionou Jacó.

Feito o juramento, Esaú devorou o guizado sem imaginar que havia cedido, por uma insignificância, um dos seus mais preciosos direitos.

Muitos homens há, na vida, que à semelhança de Esaú sacrificam o futuro e arruínam a vida trocando bens valiosos pelo prazer momentâneo de um prato de lentilhas!

O episódio da cessão da primogenitura é encontrado no Gênesis, XXV, 29 e ss.

O advogado da criada

A esposa do Rabi Woelfele de Zborasch (morto em 1800), sem ter provas suficientes, acusou certa vez a criada de lhe haver furtado valioso colar. A rapariga insistia em negar. Encolerizada, a patroa se preparou para sair, resolvida a recorrer ao tribunal rabínico. Pretendia, perante esse tribunal, denunciar e processar a empregada. Vendo-a preparar-se, o Rabi Woelfele envergou também a sua roupa do sábado. A mulher fez sentir que não ficaria bem, dada a delicadeza do caso, fosse ela acompanhada do marido; ela saberia avir-se com o tribunal.

— Estou certo disso — concordou o marido num tom meigo e aberto. — Mas essa pobre órfã, tua criada, de quem sou advogado, não tem desembaraço, é tímida e sem traquejo.

E quem, senão eu, cuidará de que se lhe faça justiça? Comparecerei, pois, ao tribunal, apenas para defendê-la da gratuita acusação que vais arguir contra ela!

Rabi Woelfele de Zborasch, que aparece neste episódio, era apontado como um verdadeiro *zaddik* entre os *zaddikins* — declara A. Weil em seu livro *Contes et légendes d'Israel*, p. 212. Os sábios israelitas afirmavam que o Rabi Woelfele cometia todos os dias o pecado da mentira. Incidia ele nesse pecado ao rezar a Schemone Esse', pois nessa oração havia esta frase: "Perdoai, ó Senhor!, os nossos pecados." Falando dessa forma, o rabi mentia. E ao mentir cometia pecado. Mas na verdade o rabi *não* pecava ao confessar que pecara. A frase "E quem, senão eu, cuidará de que se lhe faça justiça?" é bíblica e está no Livro de Jó, XXX, 13.

O poeta mais lido

Poeta! Se os teus livros fossem vendidos diariamente aos milhares; se o teu nome fosse consagrado por todas as Academias e a tua fama proclamada por todos os jornais, cinemas, rádios e agentes de publicidade, nem mesmo assim serias o primeiro entre os poetas do mundo! Sabe, meu amigo, qual é, afinal, o poeta mais lido e mais citado no mundo inteiro? É um poeta judeu!

— Judeu?

— Sim, é um poeta judeu! É Davi! Os seus Salmos, transbordantes de poesia e inspirados na verdade divina, foram incluídos pela Igreja católica no ritual da missa. Milhões e milhões de cristãos repetem todos os dias, a cada momento, em todos os recantos do mundo, os versos admiráveis do poeta judeu!

Poderá existir, por acaso, poeta mais lido e mais citado?

Veja no glossário final a nota sobre os Salmos de Davi.

O sorriso de Aquiba

Em viagem para Roma caminhava o rabino Aquiba em companhia de três sábios amigos. Ainda bastante longe da grande capital pagã, seus ouvidos foram feridos pelo tumulto festivo dos romanos. Os três doutores prorromperam em prantos; Aquiba, pelo contrário, sorria, não ocultando a viva satisfação de que se achava possuído.

Aquela demonstração de alegria do mestre parecia chocante para os companheiros. E um deles o interpelou:

— Por que tu sorris, Aquiba?

— E vós? Por que chorais? — contestou Aquiba com uma pontinha ácida de censura.

— Choramos — explicou logo um dos doutores —, e temos razão de sobra. Doloroso é o contraste que testemunhamos.

A cidade pagã, de onde todos os dias se blasfema contra Deus e se queima incenso aos ídolos, está sempre em festa, vence e triunfa. E nossa terra e o sagrado templo onde se adora o Deus verdadeiro ardem em chamas. E tu sorris?

Do fundo de sua humildade, respondeu Aquiba:

— É precisamente esse contraste notável que me faz sorrir cheio de esperança e de fé. Se para seus inimigos Deus é pródigo em tantos bens, quão grande não será o tesouro de benefícios que guarda para os que o adoram sobre todas as coisas!

Talmud Maccoth, p. 24. Cf. R. Cansino-Assens, op. cit., p. 90. O casamento de Aquiba dá assunto a um dos contos mais interessantes da literatura rabínica. Veja: A. Weil, *Contes et légendes d'Israel*, p. 81. Sobre o suplício e a morte de Aquiba convém ler: rabino Dr. H. Lemle, *Jornada sem fim*, 1947, p. 30.

Ladrão que rouba ladrão

O Dr. Humá era rico, tinha-se em conta de muito piedoso, porém, em período relativamente curto, sofreu inúmeras perdas e graves desgostos.

Um dia, conversando com os colegas, tomou por tema da palestra as suas próprias desgraças. Arrebatados pelo ardor dos comentários, procuraram os circunstantes esclarecer a dúvida seguinte:

— É admissível que as desventuras terrenas sejam sempre consequência de algum pecado cometido por quem sofre?

Opinaram alguns que, como não existe homem isento de culpa, as dores terrenas são sempre consequências dessa culpa.

O Dr. Humá, um pouco ressentido por esta conclusão que parecia uma ofensa ao seu caráter, e um tanto despeitado, objetou:

— Acreditais, então, que eu seja réu de alguma falta grave? Um dos colegas replicou:

— E tu ousas imaginar que o Senhor castiga um mortal sem causa?

— Mas — tornou o doutor mordido por uma preocupação —, se me credes culpado em qualquer coisa, dizei-o sinceramente, e eu procurarei corrigir-me.

— A julgar pelo que sabemos de ti — declarou um dos presentes —, és justo em todos os teus atos. De uma só falta tua, de uma só, temos ouvido falar. Ocorre por ocasião da vindima. Não dás ao teu criado a parte da vinha que a caridade impõe.

— Que não lhes dou sua parte? — protestou risonho o doutor. — Mas não credes vós outros que o tal criado me furta muito mais do que deveria eu dar-lhe?

— E pela suspeita de que teu criado te furta, furtas ao criado? Diz o provérbio: "Quem rouba ao ladrão faz-se também ladrão."

Esse episódio é extraído do Talmud Berachot, p. 5. Estabelece o livro da Lei que se dê aos criados uma parte dos diversos produtos do campo.

A má esposa e o cego

Conta-se que o judicioso Rabi José, o Galileu, tinha a esposa má e obstinada que lhe amargurava a vida. A terrível mulher o fazia sofrer toda sorte de contrariedades, escândalos e humilhações; interrompia-o em seus estudos, insultava-o diante dos próprios discípulos. Estes não se conformavam com aquelas cenas escandalosas e atribuíam a culpa ao doutor que, como marido, não dava fim àqueles vexames. Um dia, finalmente, manifestaram todos com franqueza sua indignação, e ardentemente exortaram o mestre a repudiar aquela péssima e indigna companheira.

O bom marido procurava atenuar a culpa da esposa, escusá-la de todas as grosserias e ocultar-lhes os defeitos. Infelizmente a mulher contribuíra com valioso dote para o lar, ao passo que o doutor não possuía senão pequenos bens de fortuna.

Os discípulos, não querendo sofrer, por mais tempo, aquela situação de constrangimento, e movidos de compaixão pelo mestre, reuniram entre si a soma que correspondia ao dote, e induziram o rabi a indenizar a rancorosa mulher e requerer o divórcio.

A perversa, de posse do dinheiro, abandonou sem o menor pesar o pobre doutor; algum tempo depois se enamorou do governador da cidade, com o qual se casou, passando muitos meses numa vida divertida e ruidosa.

Mas o bem dura pouco; o governador, que era um homem opulento e prestigioso, caiu na antipatia do príncipe, foi despojado de todas as riquezas, ficou reduzido à extrema miséria, e, para cúmulo da desgraça, feriu-o súbita e irremediável cegueira.

Não tendo meio algum de vida, marido e mulher tiveram de recorrer à caridade pública. Todos os dias a infeliz levava o marido cego pelas ruas, e da piedade dos transeuntes recolhia as míseras migalhas com que se mantinha.

O cego, que conhecia muito bem a cidade, notou que a mulher não o levava nunca a uma certa praça muito concorrida. Não a censurou, mas pediu-lhe que o conduzisse até lá, porque os israelitas que moravam na tal praça seriam certamente muito pródigos nas esmolas.

— Esmolar entre os hebreus? — retorquiu a mulher num gesto de revolta. — Mas não sabes que era israelita o meu primeiro marido? Não, eu não me exporei nunca a essa humilhação.

O cego insistiu ainda, porém a mulher declarou que nunca concordaria com aquilo.

Num dos seus costumeiros passeios, o cego percebeu casualmente que se encontravam próximos da tal praça. Alterando, então, a voz e ameaçando, exigiu que a mulher o conduzisse ali. A mulher resiste; o cego prageja e, iracundo, arroja-se sobre ela, segura-a pelos cabelos e começa a espancá-la com fúria.

Aos gritos da infeliz acodem várias pessoas, entre as quais Rabi José, o seu primeiro marido. Este, reconhecendo sua ex-esposa, sente o ânimo agitado por penosa recordação. Procura acalmar o cego, consola a desditosa criatura, dá aos dois uma habitação de sua propriedade e, desde então, toma a seu cargo a manutenção do pobre casal.

Cf. R. Cansino-Assens, op. cit., p. 110. O Rabi José, o Galileu, viveu no século II e tornou-se, entre os tanaítas mais sábios, famoso por sua bondade. Cf. Edmund Fleg., op. cit., vol. I, p. 217.

O pé da mesa

*O Senhor é a minha força e o meu escudo; Nele confiou
o meu coração, e fui socorrido; pelo que meu coração canta
de prazer e com esse canto O louvarei.*

DAVI

Os mais incréus afirmavam que o virtuoso Rabi Hanina Ben Dossa possuía o dom prodigioso de realizar milagres. O bondoso Hanina vivia, porém, com a família, em extrema penúria. Uma medida de ervilhas era com que podia contar para sua manutenção e dos filhos, durante os sete longos dias da semana. Sentia-se a esposa, no entanto, envergonhada com tão aflitiva pobreza, e procurava disfarçar a situação.

Uma vez pelo menos, no decorrer da semana, a pobre mulher colocava no forno um tição ardente e, sobre ele, maravalhas geradoras de uma coluna de fumo que fizesse crer aos estranhos estivesse ela preparando a deliciosa fornada de pão para o consumo habitual.

Uma vizinha abelhuda e maldosa atentou, muitas vezes, nas espirais de fumo que saíam da casa paupérrima e insinuava às amigas, com impiedosos trejeitos:

— Que ingenuidade! Aqueles miseráveis pretendem preparar pão, e nem sequer dispõem de meia medida de farinha! A mim não me iludem! Vou desmascarar a intrujice!

E, com ânimo pérfido, dirigiu-se à casa do rabi e chamou a vizinha à porta. A esposa de Hanina, atinando com o maldoso intento da amiga, sentiu subir-lhe ao rosto as chamas do rubor, e a fim de fugir ao exame, correu a esconder-se em casa de uma vizinha.

A perversa mulher, sem apagar dos lábios o sorriso de ironia e impiedade, entrou e encaminhou-se até o forno. Ó assombro! Todo ele transbordava de pão. Surpreendida, comovida e profundamente perturbada, gritou:

— Amigas, depressa! Depressa! Trazei logo a pá, que o pão se queima!

E foi assim que o Senhor milagroso impediu que a santa mulher fosse humilhada em sua pobreza.

À noite, logo que o marido regressou à casa, a mulher correu ao seu encontro e contou-lhe a milagrosa história; ainda abalada pelo sobressalto que a vencera, observou:

— Marido meu! É por demais miserável a vida que levamos. Estás resolvido a permitir que continuemos sempre assim?

— Esposa de minha alma — protestou, bondoso, o marido —, não vejo como poderia marcar a nossa vida em outro rumo! Parece tudo tão difícil!

— Nada mais simples — aclarou a mulher, sorrindo com finura. — Tens, pela graça de Deus, o dom de realizar milagres! Certa estou de que no outro mundo serás farta e belamente recompensado. Pois bem: pede a Deus que nos conceda, para gozo desta, parte do prêmio que te espera na vida futura.

O santo homem, acossado, premido pela insistência importuna da esposa, acedeu, afinal, em atender-lhe ao pedido. Pôs-se a orar, e depois de implorar, em fervorosa prece, o auxílio de Deus, ao erguer os olhos para o céu viu tremeluzir no alto um objeto que começou a descer rapidamente, até que lhe veio cair aos pés. Era um pé de mesa de ouro maciço.

Tomado de indizível assombro, o pobre doutor quase chorou de emoção. Sentia-se, apesar de tudo, torturado por um grande remorso. Colocou a peça sob o leito e procurou entregar-se ao esquecimento do sono, mas não conseguiu dormir, tal a agitação de seu espírito.

Afinal, depois de longa vigília, proferiu com profunda devoção as palavras eternas do *Alenou* e dormiu. Dormiu sem tranquilidade. Teve o sono entrecortado por um estranho sonho.

Sonhou que havia sido transportado para o céu.

A mansão celeste rebrilhava atapetada de ouro e pedras preciosas. No centro de maravilhoso jardim estavam os bem-aventurados placidamente sentados e dispostos para o festim celeste; e cada um dos eleitos do Senhor tinha diante de si deslumbrante mesa de ouro. Ao doutor foi oferecida, também, uma linda mesa; ao acercar-se dela, porém, notou que bamboleava e viu-a cair com fragor porque lhe faltava um pé!

Despertou o piedoso rabi com o espírito profundamente abalado e implorou numa sincera expansão:

— Santo meu! Santo meu! Retoma a tua dádiva.*

Eis o que ocorreu. No mesmo instante a peça de ouro desapareceu de sob seu leito.

Os sábios doutores que esclarecem, linha por linha, os segredos e mistérios das Escrituras, proclamam através dos séculos: "Não desfrutará o justo das mesquinhas riquezas terrenas sem desfalcar os bens preciosos de seu patrimônio celeste."

O episódio aqui apresentado sob o título "O pé da mesa" aparece no Talmude (Tahanit, 25 a). Para melhor compreensão do sentido teológico, convém ler A. Cohen, op. cit., p. 167.

---

*Veja no glossário a palavra *Santo*.

O fumo

O *kobriner*, numa visita inesperada, encontrou o *riziner* sentado no meio do quarto, numa sexta-feira, antes do ocaso, de cachimbo na boca, fumando tão furiosamente que o ambiente estava irrespirável e enevoado de fumaça.

Percebendo logo o desagrado e a desaprovação do amigo, tão severo e rigorista, o *hassid* fumante lhe narrou a seguinte história:

— Certo homem perdeu-se na floresta e foi dar, casualmente, à choupana de um salteador. Na mesa, perto da porta, estava a pistola carregada. O homem encheu-se de coragem, deitou a mão à arma, e refletiu de si para consigo: "Se eu matar este bandido, estarei livre dele; se errar o alvo conseguirei esgueirar-me na fumaça."

Depois de se deter um momento a olhar para o cachimbo, o *riziner* concluiu espaçando as palavras, em tom recitativo e meio malicioso:

— Assim também eu purifico o cérebro para o sábado, pensando em coisas santas e fumando, com intensidade, o meu bom cachimbo. Se os meus pensamentos me atraiçoarem, a fumaça do fumo me estonteando o cérebro, permitirá que eu possa fugir das ideias ímpias e das inclinações pecaminosas.

Essa pequena anedota é transcrita por Lewis Browne, op. cit., p. 503. Nas observações do Rabi *riziner* (morto em 1850) há sempre um traço de ironia e sarcasmo. Veja, neste livro: "Os títulos do candidato" e "Três coisas".

Dos dez para os 12

Exaltado seja o humilde que ousa castigar o tirano.

(TALMUDE)

O rei Teijuan ou Tajuan, do Iêmen, senhor de 180 mil palmeiras, tinha um vizir chamado Calin-Beg que era excessivamente gordo e excessivamente mau.

A espantosa gordura do tal ministro podia ser pesada facilmente, em arrobas, numa grande balança de ferro; não se conseguiria, entretanto, calcular a soma das maldades existentes em seu coração.

Um dia, ao terminar a audiência costumeira, o maldoso Calin-Beg disse gravemente ao soberano:

— Os judeus, senhor, constituem uma raça detestável. O ouro obtido pelo trabalho penoso de nossas mãos vai cair, fatalmente, em poder deles. São infiéis incorrigíveis e a todo instante proferem blasfêmias contra os preceitos puros e elevados da nossa religião.* Penso que devemos expulsá-los o mais depressa possível do nosso país e venho pedir-vos, para isso, a necessária autorização.

O rei Tajuan ou Teijuan, tolerante e bondoso, não ocultava sua simpatia pelos desprotegidos israelitas que viviam em seus domínios.

Não via, aliás, razão alguma para repelir e martirizar um povo que não perturbava a paz de suas 180 mil palmeiras e, que ao contrário, contribuía, de algum modo, para o progresso do reino. Disse pois ao seu odiento vizir:

— Uma vez que julgas medida útil ao bem-estar de meus súditos, não hesitarei em decretar, neste momento, a expulsão de todos os israelitas. Como medida preliminar, desejo, entretanto, observar como vivem e trabalham os judeus. Vamos, meu amigo, dar ligeiro passeio pelos arredores da cidade.

Acudiu pressuroso o ministro:

— Julgo interessante a vossa lembrança, ó rei! Tereis ocasião de ver, durante a nossa excursão, que os judeus vivem como chacais imundos, praguejando, cheios de ódio, contra os servos de Alá (exaltado seja o Altíssimo!).

Momentos depois, o rei Tajuan, acompanhado de seu maldoso vizir, deixou o palácio real e saiu a passear pelos bairros

---

* A religião do ministro era a muçulmana. Os árabes ıslamitas são inimigos irreconciliáveis dos judeus. Veja no glossário final os termos árabes aqui citados.

mais pobres da cidade, observando atentamente os míseros casebres em que viviam os israelitas.

Em dado momento — caminhando par a par com seu ministro —, aproximou-se o soberano de um pobre tecelão que trabalhava sentado à soleira da porta e disse-lhe, em tom amistoso:

— Por Alá, meu amigo! Vejo-o a trabalhar incessantemente. Dos dez já tira você para os 12?

Respondeu o tecelão, esboçando um sorriso muito triste:

— Ah! Senhor! Eu, dos dez, não tiro nem para os 32!

Ao ministro, que tudo ouvia com a maior atenção, causou não pequeno espanto aquele estranho diálogo.

O rei Tajuan, entretanto, parecendo não se contentar com a resposta do pobre judeu, interrogou-o novamente:

— E quantos são, para você, os 32 de cada dia?

— Quatro, com dois incêndios, sendo um deles para muito breve! — tornou o outro, com discreta cerimônia.

Sorriu o rei ao ouvir essa resposta, cujo sentido a inteligência do vizir não conseguia penetrar, e insistiu com bondade num generoso mover dos ombros:

— Se espera algum incêndio para breve, por que não depena logo o pato? Com as penas do pato poderá apagar o fogo.

Respondeu o israelita, com visíveis mostras de satisfação:

— Assim espero, senhor. Com a ajuda de Deus, em breve depenarei o pato.

Ao regressar ao palácio, o rei, com uma serenidade de mau agouro, observou, muito sério, ao vizir:

— Estou certo, meu caro amigo, de que compreendeste perfeitamente a conversa que tive há pouco com aquele tecelão israelita.

— Infelizmente, senhor — confessou constrangido o ministro —, ouvi as vossas perguntas e todas as respostas do judeu sem nada entender!

— Pela glória do Profeta! — exclamou o rei. — A declaração que acabas de fazer é humilhante para um vizir! Não posso tolerar semelhante fraqueza!

E acrescentou, mudando de tom e fitando o vizir com inexorável decisão:

— Vou conceder-te o prazo de três dias para descobrires o significado perfeito das minhas perguntas e explicar, claramente, todas as respostas dadas pelo judeu. Se não o conseguires, serás destituído, por incapacidade, do cargo de vizir.

★ ★ ★

O odiento ministro, esmagado pela terrível ameaça do califa, procurou por todos os meios a decifração do mistério.

As perguntas do rei não tinham, realmente, sentido algum.

A primeira era mais obscura do que um enigma chinês:

— Dos dez já tira você para os 12?

E a réplica dada pelo judeu? Relacionada com a pergunta, exprimia, na verdade, um disparate:

— Dos 12, senhor, eu não tiro nem para os 32!

A segunda indagação do soberano era tão incongruente que parecia formulada para confundir o espírito mais arguto:

— E quantos são, para você, os 32 de cada dia?

Eis o enigmático retorquir do israelita:

— Quatro, com dois incêndios, sendo um deles para breve!

Havia ainda, como complemento diabólico, a terceira pergunta do soberano:

— Se espera incêndio para breve, por que não depena logo o pato? Com as penas poderá apagar o fogo.

Convenceu-se o rancoroso vizir de que a sua pobre e acanhada inteligência não dispunha de recursos para deslindar o segredo que envolvia o estranho diálogo travado entre o rei e o tecelão israelita.

Consultou, às ocultas, os seus amigos mais atilados, mas nenhum deles soube achar uma explicação para o caso. Recorreu aos ulemás (doutores) que viviam entre livros e manuscritos, e os sábios, depois de largas divagações filosóficas, se declararam incapazes de esclarecer o mistério.

Que fazer?

Preocupado com a grave ameaça que lhe pesava sobre os ombros, resolveu enfim procurar a única pessoa que poderia auxiliá-lo naquela dependura. Foi, sem mais hesitar, à casa do tecelão judeu.

Interrogado pelo vizir, respondeu o velho israelita:

— Sinto dizer-vos, senhor, que sou pobre e luto para viver modestamente. Não posso perder, portanto, as boas oportunidades que me são oferecidas para melhorar a triste situação de penúria em que me encontro. Exijo, pois, o pagamento de cem dinares pela explicação da primeira pergunta.

O ministro Calin-Beg tirou imediatamente de sua bolsa a quantia pedida e entregou-a ao judeu:

— A primeira pergunta, ó vizir — começou o israelita —, é muito simples. O nosso bom soberano queria saber "se dos dez eu tirava para os 12", isto é, se com os dez dedos da mão eu ganhava o suficiente para viver durante os 12 meses do ano. Respondi-lhe, então (essa é a verdade), que "dos dez eu não tirava nem para os 32", isto é, para os 32 dentes de minha boca, ou melhor, com os dez dedos da mão eu não chegava a obter o indispensável para minha alimentação!

— Realmente! — confessou radiante o ministro. — É muito racional e clara tua explicação. Compreendi tudo perfeitamente. E a segunda parte, ó filho de Israel, que sentido tem?

— Para a explicação da segunda parte deste enigma — condicionou o tecelão —, quero receber um prêmio de duzentos dinares.

Atendido imediatamente naquela exigência, o judeu assim falou:

— Quando o nosso glorioso soberano me interpelou daquela forma "e quantos são, para você, os 32 de cada dia", compreendi que ele queria saber o número de pessoas mantidas por mim, isto é, quantos são os 32 (dentes) a que dou de comer cada dia. A minha resposta é clara e evidente: "Quatro com dois incêndios." As quatro pessoas são: minha mulher e três filhos. "Com dois incêndios" significa "com duas filhas para casar". Pois o casamento de uma filha acarreta, para nós, judeus, tanta despesa, tantos transtornos e aborrecimentos, que pode ser comparado a um verdadeiro incêndio! Disse que um dos incêndios era para breve, pois pretendo casar minha filha mais velha dentro de três semanas. Com a minha resposta, clara e precisa, informei o rei sobre o número de pessoas de minha família, indicando até o número exato de filhas que pretendo casar.

— É curioso! — retorquiu o vizir, retorcendo a boca num risinho forçado. — Sinto agora que o diálogo por mim ouvido não tem, realmente, nada de enigmático. Tudo é muito simples e racional. E a última pergunta? Como poderei interpretá-la?

Para decifrar a terceira e última pergunta, o judeu, alegando maior dificuldade e embaraço, exigiu o pagamento de quinhentos dinares.

O vizir contou as moedas e entregou-as ao tecelão.

Logo que se viu de posse do dinheiro, o astucioso israelita assim falou:

— A última pergunta formulada pelo glorioso soberano é de notável clareza: "Se espera incêndio em sua casa, por que não depena o pato?", isto é, "se precisa de recursos para casar sua filha, por que não toma o dinheiro de um tolo qualquer?" "Pato", como ninguém ignora, é o indivíduo pouco inteligente, do qual podemos tomar, sem dificuldades, por meio lícito, quantia por vezes avultada. Tendo compreendido o sentido exato das palavras do rei, respondi que "ainda tinha, com a ajuda de Deus, esperança de depenar o pato", isto é, de arranjar, com um lorpa qualquer, o dinheiro necessário. E foi precisamente o que aconteceu, senhor ministro. Com o dinheiro que acabo de receber de vossas generosas mãos, poderei custear o próximo casamento de minha filha mais velha!

Retirou-se envergonhado e furioso o vizir, mais furioso que envergonhado, ao perceber que no fim de contas ele fizera o ridículo papel de "pato", isto é, de idiota!

Ao chegar ao palácio, foi ter à presença do monarca, e declarou que estava pronto a explicar o sentido de todas as enigmáticas perguntas.

O rei do Iêmen, ao ouvir aquela confissão de seu maldoso secretário, disse-lhe com um sorriso trocista:

— E ainda pretendes, ó vizir, expulsar de nosso país um povo tão vivo e inteligente? Acabaste de receber a prova eloquente de que um simples e inculto remendão israelita é capaz de reduzir ao mísero papel de "pato" o vizir mais atilado do mundo.

E aqui termina, meu caro leitor, a lenda que se refere ao tal rei Tajuan ou Teijuan, do Iêmen, senhor das 180 mil palmeiras.

Adaptação de um conto popular israelita. A forma aqui adotada inspirou-se numa narrativa que ouvimos do Sr. Adolfo Jaimovitch, residente no Rio de Janeiro. Para uma perfeita compreensão das relações entre árabes e judeus, convém ler "Os judeus no Oriente na época do Islam", no excelente livro *O caminho de Israel através dos tempos,* do ilustre rabino Frederico Pinkuss, São Paulo, 1945.

Os dois anjos

Quando o bom israelita, na véspera do sábado, ao declinar da tarde, deixa o Templo e retorna ao seu lar, dois Anjos o acompanham passo a passo: um Anjo Bom e um Anjo Mau.

Entra o israelita em sua casa. Se a mesa está preparada para o sábado e as velas iluminam a sala, o Anjo Mau fica privado da voz. Fala, então, o Anjo Bom, e proclama em tom de intenso regozijo:

— Que a Paz e a Prosperidade permaneçam, para o resto da semana, neste lar abençoado e feliz.

O Anjo Mau, embora a contragosto, é obrigado a aderir. Abaixa a cabeça e resmunga:

— Amém!

Mas se a habitação estiver escura, suja e em desordem, o Anjo Bom permanece mudo como uma estátua. Cabe, nesse caso, a palavra ao Anjo Mau, que assim se manifesta em tom roufenho e aziago com as pupilas a faiscar lume:

— Tão escuro e triste como o dia de hoje sejam, para este lar infeliz, todos os dias da semana!

O Anjo Bom, com imenso pesar, é forçado a aceitar aquele voto, reafirmando com profunda mágoa:

— Amém.

Lenda popular israelita. Cf. Erna C. Schlesinger, *Tradiciones y cistumbres judios*, Editora Ismael, 1946, p. 38.

Treze filhos

O sábio e judicioso Rabi Isaac Meyer de Ger (morto em 1866), martelado por negro infortúnio, perdeu, um a um, seus 13 filhos. Quando morreu o mais moço, o último restante, a mãe, tomada de irremissível desespero, recusava todo conforto. Disse-lhe então o marido:

— Os nossos filhos não morreram em vão. Se desgraça análoga ferir outro homem, ele se lembrará de que nós perdemos 13 filhos e não se revoltará contra o Senhor.

Este episódio é citado no capítulo "Doutrina e histórias hassídicas", do livro de Lewis Browne *Sabedoria de Israel*. Convém ler "Recits hassidiques", de Elien-J. Finbert, no livro *Aspects du génie d'Israel*, 1950, p. 78.

O rabi e o carpinteiro

Rabi Joshna ben Ilem, homem sábio, justo e piedoso, sonhou certa vez que fora levado para o céu. Ao entrar no Paraíso, entre anjos de asas luminosas, veio ao seu encontro o profeta Elias:

— Salve, meu bom rabi! — exclamou Elias com acolhedora alegria, abrindo os braços. — Salve! Até que enfim vais receber o prêmio que mereces.

E, apontando para larga e deslumbrante poltrona que surgia livre, ajuntou num sorriso que o envolvia todo em claridade e doçura:

— Ali está o teu lugar! Aqui ficarás entre os eleitos do Senhor.

Rabi Joshna, muito constrangido e perturbado, impelido, porém, pelo seu espírito de obediência e docilidade, sentou-se maravilhado na poltrona indicada. Um anjo, delicado como um líbrio, tendo nas mãos longa espada cintilante, adiantou-se entre os querubins e proclamou numa voz suave que parecia um hino de glória e de amor:

— Ó bem-aventurado! Eu vos saúdo, ó eleitos do Senhor! Vereis agora, entre as luzes que cortam as trevas, a face excelsa do Eterno!

Fez-se profundo silêncio. Os anjos pareciam imóveis, e como que suspensos entre nuvens coloridas. Naquele momento crucial, Rabi Joshna olhou para a direita, num inquieto reparo de curiosidade, e viu, com assombro, que a seu lado, no Paraíso, numa poltrona talvez mais rica e mais brilhante do que aquela que lhe fora destinada, estava sentado, e bem sentado, Simão Anas, homem rude e iletrado, que exercia a modesta profissão de carpinteiro.

Pensamentos importunos, inspirados por detestável amor-próprio, se apoderaram do bom rabi.

Coisa singularmente estranha! O seu vizinho no Paraíso era um modesto carpinteiro, tipo semianalfabeto, que não aparecia nas festas da sinagoga, que não comentava a Torá, que certamente desconhecia os ensinamentos mais elementares dos doutores de Israel.

No dia seguinte ao despertar, intrigado com o sonho que o deslumbrara, o rabi refletiu:

— Os sonhos têm sempre um quê de verdade. É certo, portanto, que o meu vizinho no Paraíso será Simão Anas, o carpinteiro. Mas, afinal, quem sou eu? Um sábio — reconhecem todos —, sim, um homem que consagrou a vida ao estudo e à meditação. Já tenho educado várias gerações; milhares de pessoas têm ouvido e guardado os meus ensinamentos. Dezenas de dúvidas, em que se debatiam os mestres, foram por mim elucidadas. Longa e incansável tem sido a campanha por mim desenvolvida contra os idólatras e contra os ateus. As minhas obras e os meus sermões fazem renascer a Fé e a Bondade nos corações mais rebeldes. Pratico a caridade; procuro implantar a paz e a concórdia entre os homens; sirvo a todos indistintamente; obedeço aos santos mandamentos; procuro viver no caminho da virtude, com modéstia e simplicidade. E depois de toda essa lida, ao termo de uma vida de sacrifícios e de estudos, sou equiparado a um carpinteiro, boçal e grosseiro.

Depois de meditar sobre o caso, impelido por uma turbulência de ideias desencontradas, resolveu o rabi apurar a verdade. Cumpria-lhe indagar como vivia aquele carpinteiro que se fizera merecedor de tão alta distinção entre os eleitos do Senhor.

Dirigiu-se o sábio para a modesta e atravancada oficina de Simão Anas e encontrou o ativo carpinteiro, na faina habitual, branqueado de pó, a carpintejar.

— Dize-me, meu bom amigo — começou o rabi meio hesitante e já sentado numa banqueta rústica —, dize-me, por favor, quais são as obras de caridade por ti praticadas? Em que dia costumas frequentar a sinagoga? Quais são as horas por ti consagradas ao estudo da Torá e dos Livros Sagrados?

— Lamento muito confessar — respondeu o carpinteiro em tom respeitoso — que não leio coisa alguma; jamais estudei a Torá; desconheço por completo os Livros Sagrados. Gostaria muito de estudar, de ouvir os doutores, de rezar na sinagoga, mas não tenho tempo. Falta-me tempo, rabi!

— Falta de tempo? — estranhou o rabi. — Como assim?

Respondeu o carpinteiro:

— Tenho muito trabalho nesta oficina. Não dou conta das encomendas que recebo diariamente. Passo muitas horas a carpintejar. Aproveito as minhas folgas, os meus momentos livres, para cuidar de meus pais.

— De teus pais?

— Sim — confirmou o carpinteiro —, meu pai e minha mãe, já bem velhinhos, moram comigo. Precisam de meu amparo e de minha assistência. Dou-lhes de comer, de beber, e cuido deles sempre que posso. A eles consagro todos os minutos livres de minha vida. Levo-os, de quando em vez, a passear pelo jardim. Ao cair da tarde, às vezes faço um pouco de música para distraí-los. Minha mãe sorri para mim e diz: "Querido!" Meu pai sorri, também, e diz: "Meu filho!" Eles são bem velhinhos e precisam tanto de mim! Perdão, senhor rabi! Preocupado com meus pais, eu não disponho de tempo nem para rezar na sinagoga!

Rabi Joshna ben Ilem, o sábio, ergueu-se muito sério e, numa voz emocionada, assim falou decisivo:

— Que importa isso, meu amigo, que importa? Afirmo, ó carpinteiro, afirmo pela glória de Moisés, que se algum dia, amparado pela misericórdia divina, tiver o meu nome incluído entre os eleitos do Senhor, terei muita honra de me sentar ao teu lado no Paraíso!

Simão Anas, o bom carpinteiro, não compreendeu esse estranho discurso do ilustre visitante. Não compreendeu nem poderia compreender. Enquanto o douto israelita falava, estava ele esquecido, alheio de tudo, pensando nos pais. Os velhinhos teriam tanto prazer se pudessem conversar um pouco com aquele bom e eloquente rabi, que todos admiravam e respeitavam como um santo... Que prazer teriam os bons velhinhos!

Transcrito da *Midrash*. Adaptação do texto clássico. Convém ler em A. Cohen, op. cit., p. 234, o capítulo talmúdico intitulado "Piéte filiale". Escreve Paul Appell: "Os judeus são estimados por causa de sua fidelidade às prescrições de uma religião severa e também por causa de seu respeito aos pais." Do livro *Judeus*, trad. de Jorge de Lima, p. 147.

O dobro da esmola

Foi Mar Ukba, um dos chefes mais prestigiosos de Israel. Ao profundo cabedal de sabedoria e ciência reunia esse rabi grandes riquezas, das quais ninguém sabia fazer melhor uso do que ele. A despeito de sua enorme caridade, tinha como regra dar anualmente a certo número de pessoas necessitadas determinada quantia, suficiente para as manter com relativo conforto. Entre estas houve um chefe de família a quem costumava auxiliar com quatrocentas coroas na véspera do dia da Reparação. Sucedeu uma vez mandar essa dádiva pelo filho, que ao voltar manifestou ao pai que a esmola era conferida a uma família que na certa não devia merecer.

— Por quê? — indagou com viva curiosidade o rabi. — Foste mal recebido? Que aconteceu?

— Na visita de hoje — respondeu o moço —, pude observar cuidadosamente aquele homem que é por vós considerado tão pobre e tão necessitado de caridade. Verifiquei que ele tem a mesa muito bem arrumada, coberta de alva toalha, e bebe vinho nas refeições. Tudo na sala parecia limpo e bem arrumado.

— Viste isso? — insistiu o bondoso rabi. — Pois da tua feliz e acertada observação sou levado a concluir que o meu protegido é homem fino e bem-educado. Acostumado a viver bem, não sei como pode passar com a pequena pensão que lhe damos. Aqui tens, leva-lhe agora mesmo, de presente, esta bolsa com dinheiro; e para o futuro darei a esse infortunado amigo o dobro da esmola que costumava dar.

Ketubot, 67b. Este episódio aparece citado em inúmeras antologias judaicas. São incontáveis os atos de generosa caridade atribuída ao Rabi Mar Ukba. Cf. Malba Tahan, *Lendas do céu e da terra*.

O demônio e a intriga

Durante as longas peregrinações que empreendeu pelo mundo o terrível e odiento Enam, o demônio dos olhos chamejantes, foi ter a uma pequena aldeia, muito além do Eufrates, chamada Nagazor. Recebido com acolhedora simpatia pelos habitantes, começou o infernal Enam a agir de acordo com os seus planos. O seu ideal era transformar a pacífica Nagazor num pequenino inferno onde dominasse a discórdia, a cizânia e a desarmonia. Mas todos os esforços do Maligno fracassaram entre as colinas de Nagazor. As artimanhas e maldades do tentador resultaram inúteis.

Pretendeu semear a discórdia entre os chefes de família e não conseguiu; arquitetou mil e uma desavenças entre as esposas, mas viu cair por terra todos os seus sórdidos artifícios.

Insistiam os habitantes de Nagazor em viver em paz, e não havia como mudar aquele sereno teor de vida.

Decepcionado com o malogro de seus torpíssimos embustes, retirou-se o demônio:

— Eis um recanto que não me interessa. Não vale a pena perder tempo com essa gente desfibrada e inerme. Vou em busca de outros climas.

À pequena distância da aldeia topou o demônio com um rio de praias límpidas e frescas. Sentou-se na areia clara e pôs-se a meditar. Poucos minutos depois surgiu uma mulher que vinha ao rio lavar as suas roupas. Era uma rapariga forte, de ombros largos, fisionomia simpática, tostada pelo sol. Sob o pano azulado que lhe envolvia a cabeça repontavam pequenas mechas de cabelo castanho; seus olhos eram negros e vivos.

Ao vê-la chegar, Enam sorriu meio desconfiado. A mulher parou, deixou cair ao chão a pesada trouxa que trazia, e encravando resoluta as mãos na cintura, encarou com arrogância o maligno viajante.

— Que pretendes aqui? — inquiriu com petulante desembaraço. — A tua fisionomia não me parece estranha. És Enam, o mal-intencionado Enam!

— Sim, minha boa amiga — volveu o Maligno com voz sucumbida —, sou Enam, o terrível, mas o período áureo de minha vida já terminou; encontro-me em desastrosa e irremediável decadência; as almas fogem de mim e escapam de minhas mãos. Vejo-me, agora, despojado de meu tão temido e secular poder. Fui arrasado por essa gentinha impertinente de Nagazor.

E o demônio relatou à lavadeira, com todas as minúcias, o seu fracasso na aldeia e a inutilidade de seus embustes e artimanhas.

— Não passas de um simplório — garganteou a mulher, impudente, sorrindo com desprezo. — Ainda não percebeste que os teus recursos satânicos se limitam a truques obsoletos e ridículos? As tuas armas, meu velho, outrora tão temidas pelos homens, são, no século em que vivemos, irrisórias e grotescas. Tens que renovar os teus planos e modificar os teus métodos.

E, depois de ligeira pausa, encarou o demônio cruzando os braços num desafio, com um relâmpago de inspiração no olhar:

— Queres apostar comigo? Sou capaz de transformar a pacatíssima aldeia de Nagazor, de ponta a ponta, num verdadeiro inferno.

— Duvido muito! — retorquiu o demônio, retorcendo a boca. — Eu vejo que não conheces aquela gente insípida de Nagazor. Mas escuta: se fizeres o que acabas de prometer, receberás de mim uma bolsa com mil moedas de ouro.

— Combinado! — bradou a lavadeira endireitando o busto. — Combinado! Vou já para Nagazor. Durante a minha ausência cuidarás destas roupas. Verás qual é a minha maneira de agir.

E, sem mais palavra, a mulher tomou o caminho da aldeia. E ao chegar a Nagazor, bateu à porta de uma casa. Residia ali uma das melhores famílias. A lavadeira fingiu-se muito ingênua e bondosa, pediu para falar à dona da casa, a quem ofereceu os seus préstimos como ótima lavadeira, sendo logo contratada. Enquanto entrouxava a roupa suja, ergueu os olhos para o lindo rosto da senhora, e exclamou numa atitude de contemplação envaidecida:

— Que bandidos os homens! Todos iguais, malditos sejam! Não se pode confiar no melhor deles. Gostam de todas as mulheres, louras ou morenas, menos das próprias esposas!

— Que pretendes insinuar com isso? — inquiriu a dama, mordida pelo veneno da desconfiança, arregalando os olhos sobressaltados.

— Não sei mentir — acudiu a lavadeira, sem hesitações na voz. Não sei mentir e gosto de revelar sempre a verdade para aqueles que parecem dignos e bondosos. Vindo para cá, quem havia eu de encontrar, entre as sombras do parque, senão teu marido, namorando escandalosamente outra mulher? E, ainda por cúmulo da ingratidão, derretia-se por uma pequena feia, horrorosa, cara de bruxa! Como pode ele desprezar uma beleza como tu, por aquele estafermo, é o que não entendo! Mas não chores, querida patroa, não te aflijas. Não faças caso dessa ingratidão de teu marido. Sou entendida em artes e feitiçarias. Conheço um remédio infalível para fazer teu marido, bilontra e ingrato, retornar ao bom caminho. Aplica-lhe esse remédio e nada mais terás a recear dele. Asseguro-te de que ele depois da primeira dose nunca mais terá olhos para outra mulher. Escuta bem o que deves fazer: quando o teu volúvel esposo chegar, fala-lhe com brandura; não o deixes desconfiar de coisa alguma. Logo que ele pegar no sono, apanha a navalha e corta-lhe, com muito cuidadinho, três pelos da barba, sendo dois pretos e um branco, ou três pretos. É preciso agir com cautela a fim de que ele não perceba nada. Depois me dá esses pelos; com eles prepararei um remédio tão seguro que teu marido será, para o resto da vida, de uma fidelidade a toda prova. Odiará todas as outras mulheres e será teu, só teu, com um amor profundo, inalterável e eterno.

Apanhando a trouxa, a lavadeira saiu à procura do marido da dama e, com a voz e os modos de uma criatura consternada, disse-lhe que vinha revelar um segredo horrível; não sabia se teria forças para tanto, preferiria até morrer. O marido naturalmente quis saber do que se tratava, exigiu que ela falasse a verdade e fez sentir que não admitia desculpas ou evasivas.

— Pois bem — começou a lavadeira, tomando-o à parte e olhando ao redor cautelosamente. — Acabo de sair da tua casa, onde minha ama, tua esposa, me deu estas roupas para lavar; enquanto eu estava lá, chegou um belo moço, de olhos claros, muito bem trajado, e os dois se retiraram para aquele pequenino quarto que fica ao lado da sala. Pus-me a escutar e ouvi o moço dizer à tua senhora: "Mata o teu marido, querida, e eu casarei contigo." Ela respondeu que não se animava a fazer coisa tão horrível. "Ora", tornou ele, "com um pouco de coragem, é muito fácil. Quando teu marido adormecer, corta-lhe o pescoço com uma navalha bem afiada. Aceitarão todos a morte dele, como um acidente ou como um suicídio e nada mais. Quem ousaria desconfiar de ti?" A tua esposa relutou um pouco mas acabou por aceitar a ideia e prometeu ao jovem dos olhos claros que esta mesma noite executaria o plano.

Fervendo de raiva, mas perfeitamente calmo na aparência, o marido voltou a casa, sendo cordialmente recebido pela zelosa companheira. À noite, já um pouco tarde, foi para o leito e fingiu adormecer. Pôs-se entretanto a vigiar os menores movimentos da esposa.

Ao vê-la, afinal, abrir a gaveta e apanhar a navalha, para cortar os três pelos necessários ao feitiço da lavadeira, levantou-se num salto, arquejante de cólera, avançou como um louco para a mulher, arrancou-lhe a navalha das mãos e, numa alucinação desesperada, golpeou-a várias vezes, prostrando-a sem vida numa poça de sangue.

A notícia do crime se espalhou: os parentes da morta, na certeza de sua inocência, uniram-se para vingá-la e mataram o perverso e sanguinário marido. Os irmãos do assassinado resolveram tomar a desforra. Incendiaram a casa dos assassinos e mataram meia dúzia deles. Lavrou o ódio em Nagazor. E, antes que a luta terminasse, muitas vidas foram sacrificadas e muitos lares arrasados.

Enam, o demônio dos olhos chamejantes, fiel à palavra dada, pagou a aposta. E desse dia em diante passou a usar da intriga como sua arma predileta.

Bem dizia o sábio:

— O que o Demônio, com mil perversidades e embustes, não consegue em vinte dias, a Intriga realiza, com a maior segurança, em meia hora.

Figura este conto em Sepher Sashuim (*O livro da alegria*), de Joseph ben Meir ibn Zapara. A forma que oferecemos aos leitores é uma adaptação folclórica. Apud Lewis Browne, *Sabedoria de Israel*, p. 346. "Sobre a questão da demonologia judaica", veja A. Cohen, *Le Talmud*, p. 321. Em relação aos nomes do Maligno, convém ler o interessante livro de Rute Guimarães *Os filhos do medo*.

O bom samaritano

Um doutor da Lei apresentou-se certa vez diante de Jesus e o interrogou:

— Mestre, que devo fazer para alcançar a vida eterna?

Jesus ergueu o rosto, fitou-o com bondade e perguntou:

— Que está escrito na Lei? Que encontras a tal respeito entre as suas prescrições?

O doutor israelita apressou-se em responder:

— "Amarás o Senhor, teu Deus, de todo teu coração, de toda tua alma, de todo o teu espírito e de todas as tuas forças e teu próximo como a ti mesmo."

Tornou Jesus, serenamente:

— Respondeste muito bem; faze assim e viverás.

O doutor da Lei, depois de meditar um instante, novamente interpelou o Mestre:

— Dize-me, ó rabi, a quem devemos considerar como o próximo?

Para atender a essa nova pergunta, Jesus narrou o seguinte:

— Descia um judeu de Jerusalém para Jericó, pelas gargantas tortuosas das montanhas. Os ladrões o assaltaram, e tendo-o agredido e roubado, deixaram-no ferido na estrada. Passa um sacerdote, um daqueles que têm o primeiro lugar nas festas e assembleias e se blasonam de saber na ponta dos dedos todos os ditames da vontade de Deus; vê o infeliz caído, e não interrompe a sua marcha e, para evitar contatos imundos, segue apertando o passo pela outra margem da estrada. Eis, logo depois, surge um levita. Também este, afamado pelo seu zelo, conhecendo em minúcias todas as cerimônias sagradas, se julgava, antes, um dos senhores do Templo que mero sacristão. Olha de esguelha o corpo sangrento, ouve os gemidos de dor e prossegue impassível em sua jornada. Passa, finalmente, um samaritano. Não perdeu o samaritano tempo em verificar se o infeliz, estendido nos pedregulhos da estrada, era da Samaria ou se nascera na tribo de Judá. Aproxima-se e, vendo-o assim abandonado, quase a morrer, enche-se de compaixão por ele. Vai buscar seus frascos na montaria; derrama sobre a ferida do infeliz um pouco de óleo, algumas gotas de vinho, ata-o o melhor que pode, com pano e com esforço e cautela acomoda o desconhecido no dorso de sua mula; leva-o com amenidade e cordura para a hospedaria mais próxima; mete-o num leito, restaura-lhe as forças com alguns alimentos quentes e só o deixa quando o vê falando e comendo. No dia seguinte, paga dois dinheiros ao hospedeiro, dizendo-lhe com o maior interesse: "Cuida dele, meu amigo, vela por ele o melhor que puderes; o que gastares a mais pagar-te-ei na volta."

Nesse ponto fez Jesus uma pausa e, dirigindo-se ao doutor israelita, perguntou:

— Qual dos três se mostrou, a teu ver, o próximo do desventurado que caíra nas mãos dos salteadores?

Respondeu o doutor da Lei num ímpeto irreprimível:

— O que se apiedou dele! O samaritano que o socorreu!

Rematou Jesus com um sorriso de bondade:

— Assim o disseste. Vai e imita-o!

Pode parecer estranho que este famoso episódio do Novo Testamento viesse a figurar entre as lendas e tradições israelitas. Convém não esquecer, porém, que Jesus era judeu e que o cristianismo, conquanto espiritualmente, está vinculado a Israel. Não seria, portanto, aceitável uma antologia judaica que silenciasse sobre a obra de Jesus e de seus discípulos, que são figuras notáveis na vida cultural israelita.

Humildade

Um fabricante de sandálias, num momento de exaltação, feriu com grave ofensa o Rabi Johanan. Um dos discípulos procurou o sábio no mesmo dia e, muito solícito, lhe disse:

— Mestre, permiti que eu castigue aquele homem deseducado e estúpido que vos injuriou?

— Não é digno de respeito — corrigiu com sereno semblante o sábio — aquele que concede a outrem permissão para proceder mal.

E logo justificou, dogmático e conciliador:

— Quem não domina o seu gênio carece de inteligência. Quem é poderoso? O que responde à insânia com humildade e sabe reprimir os impulsos condenáveis. Quem não domina seus furores muito menos saberá corrigir a cólera alheia. A origem do êxito do humilde é que seus semelhantes o ajudam, graças à sua submissão. Mais amparo encontra o homem na sua própria humildade do que na força dos poderosos.

Distinguem-se os rabinos pelo espírito de humildade que revelavam. O perdão das ofensas alheias figura entre os preceitos talmúdicos, Yoma 23, a.; Chabbat, 151, b. São inúmeros os exemplos colhidos a tal respeito na imensa literatura religiosa de Israel.

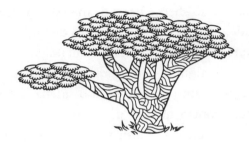

Nahum, o "Ginzo"

O sábio Nahum fora cognominado "Ginzo", pois diante de qualquer sucesso da vida ele afirmava com inabalável confiança:
— Isto também (*"gam zeh"*) foi para melhor!

Nos últimos anos de sua vida, Nahum ficou completamente cego; suas mãos se tornavam paralíticas; em consequência da lepra, perdeu os pés e seu corpo se cobriu de feridas. Jazia estirado no fundo do cubículo imundo de uma casa em ruínas, com as pernas mergulhadas em bacias d'água para que as formigas não o atacassem. Os discípulos iam visitá-lo e voltavam impressionados com o sofrimento do sábio. Certa vez um deles não se conteve e interrogou o enfermo:

— Se sois um homem tão justo, por que vos atormentam tantos males?

— Meu filho — retorquiu o paciente rabi —, o único culpado sou eu.

E, ante o incalculável espanto daqueles que o rodeavam, narrou o seguinte:

— Certa vez, ao chegar à casa de meu sogro, com três burros carregados, um de provisões, outro de vinho e o terceiro de frutos raros, encontrei andrajoso mendigo que implorou: "Patrão, dai-me alguma coisa para comer." Sem apiedar-me da triste situação em que se achava o infeliz, respondi desabridamente: "Espera que eu descarregue os burros." Mas, antes que eu finalizasse a árdua tarefa, o homem, vencido pela fome, morreu. O crime por mim praticado se revestira da maior perversidade, e, olhando para o corpo inanimado do mendicante, proferi num ímpeto de remorso: "Percam a vista os meus olhos que não souberam ver e medir a tua miséria; que fiquem paralíticas estas mãos que não souberam levar a tempo o auxílio pedido; que sejam cortados os pés que não me conduziram pela estrada da caridade. E disse mais ainda: 'Cubra-me a lepra o corpo todo.'"

Um dos discípulos deplorou com sincero pesar:

— É bem triste para nós vermos agora o nosso bom mestre nesse estado!

Acudiu o rabi, assumindo um ar de séria profundidade:

— Triste de mim, se vós não me pudésseis ver assim!

Tahanit, 21 a. Cf. A. Cohen, *Le Talmud*, p. 161 e s. A. Weil, *Contes et legendes d'Israel*, p. 95. Moisés Beilinson e Dante Lattes, *O Talmude*, trad. de Vicente Ragognetti, p. 103.

Deus é ladrão

Conta-se que Adriano, o temido imperador, mandou certa vez viesse à sua presença o sábio Gamaliel e, com o intuito de confundi-lo diante da corte, interpelou-o desta forma:

— Dize-me, ó judeu, aquele que rouba é ou não é um ladrão?

— Sim — concordou Rabi Gamaliel. — Não há como negar a evidência: aquele que rouba é ladrão.

Ouvida essa resposta, volveu o romano com rispidez:

— Então o teu Deus é um ladrão, um trapaceiro, pois segundo ensina o teu Livro Santo, Deus fez dormir Adão e, durante o sono, furtou-lhe uma costela.

Nesse momento a jovem Raquel, filha do rabi, que ouvira o diálogo oculta atrás de um reposteiro, surgiu de improviso na sala, e, acercando-se do trono de César, implorou aflita:

— Senhor! Venho pedir justiça! Fui roubada! Miseravelmente roubada!

— Como foi isso? — indagou surpreso o soberano.

— Entrou um ladrão em minha casa, durante a noite, e furtou-me pequeno cântaro de barro. E o trapaceiro deixou, no lugar, precioso vaso de ouro, cheio de rubis e diamantes! Peço justiça!

— Mas minha filha — ponderou o imperador, com malicioso sorrir —, quem me dera um ladrão assim, todas as noites, assaltando os meus aposentos e levando tudo o que é meu! Esse homem não agiu como um ladrão, mas sim como um benfeitor!

Ao ouvir tais palavras, prorrompeu com altivez a filha de Gamaliel:

— Como queres, então, ó César, atirar sobre o nosso Deus, sobre o Deus dos Judeus, o libelo de ladrão? Lembra-te de que ele furtou de Adão uma costela, e deixou, em troca, uma linda e dedicada esposa.

Apud. A. Cohen. *Le Talmud*, p. 212. Talmud Sanhedrin, 39, a. Cf. R. Cansino-Assens, op. cit., p. 225.

Os erros dos justos

Muitos eram os estudiosos que procuravam o Besht, sequiosos por ouvir as sábias lições desse iluminado guia de Israel.

Certa vez um jovem, preocupado em cultivar o espírito, interpelou o sábio nos seguintes termos:

— Por que aponta a Bíblia os erros dos homens de bem? Não seria mais prudente, para formação moral da mocidade, ensinar que os homens de bem são sempre irrepreensíveis?

Respondeu o fundador do hassidismo, abanando a cabeça negativamente:

— Se a Bíblia omitisse os raros pecados dos heróis, duvidaríamos da bondade deles.

E para esclarecer aquele ponto, que parecia difícil e obscuro, narrou o mestre a seguinte e interessante fábula:

— Um leão ensinou aos filhotes que não deveriam temer nenhum ser vivo, pois os leões, na terra, eram as criaturas mais possantes. Certo dia, saindo a passear, os leõezinhos deram com as ruínas de antigo castelo abandonado e viram num pedaço de parede, semidestruída pelo tempo, um quadro no qual aparecia, em cores desbotadas, a figura hercúlea de Sansão rompendo em dois o corpo ensanguentado de um leão. Cheios de susto, correram açodadamente para o pai, exclamando: "Vimos um ser mais forte do que nós, e temos medo dele." O leão velho os interrogou e, informado da pintura que os filhos tinham encontrado nas ruínas, tranquilizou-os: "Esse quadro deve convencer-vos de que a nossa raça é a mais forte da criação, pois quando aparece, mesmo entre os homens, um ser mais possante do que um leão, esse lutador destemido é logo exaltado pelos artistas e apontado como um herói."

"As exceções", concluiu o Besht, "confirmam a regra: os erros dos justos, apontados pelo Livro, são exceções. Aceitemos pois a verdade do conceito: os homens justos não erram."

Cf. *Antologia hassídica*, de Louis I. Newman e Samuel Spitz. Apud. Lewis Browne, op. cit., p. 477.

A língua

Um senhor mandou o seu servo ao açougue e disse-lhe com ar superior:

— Quero que me tragas o melhor bocado que encontrares.

Para atender à recomendação do amo, o servo trouxe-lhe uma língua.

Dias depois o senhor chamou novamente o mesmo servo e deu-lhe a seguinte ordem:

— Traze-me do açougue o bocado mais ordinário que encontrares.

O servo, como fizera da primeira vez, trouxe uma língua.

— Que quer dizer isso? — protestou afoitamente o senhor. — Para qualquer recomendação, traze-me sempre uma língua?

O servo, que era, aliás, um filósofo dotado de alto saber, explicou com gravidade mordaz:

— A língua é quanto há no mundo de melhor e, também, de pior. Se bondosa, nada há de melhor; se maldizente e mentirosa, nada haverá de pior.

Este trecho do Talmude apresenta notável semelhança com uma das fábulas de Esopo. Cf. Rabot, p. 303, I. R. Cansino-Assens, op. cit., p. 234.

O diamante do mendigo

Conta-se que um *schnorrer* chegou, certa vez, à pequena cidade ao anoitecer duma sexta-feira, e inteirou-se de que o único lar onde não se alojara um pobre, para o sábado, era o do usurário do lugar.

O *schnorrer* bateu, sem cerimônia, e insistiu em falar, em caráter muito confidencial, com o dono da casa.

— Não vim pedir esmolas — afirmava ladinamente, em voz baixa. — É assunto de negócio. E de grande negócio.

Introduzido no escritório do usurário, o esfarrapado mendigo fechou cautelosamente a porta e disse, simulando grande mistério:

— Quanto daríeis por um diamante límpido e perfeito, em forma de rosa e do tamanho de uma azeitona?

A cobiça flamejou no coração do avarento. Interessava-o a compra da pedra. Achou, porém, preferível recalcar seu interesse, pois naquele momento qualquer precipitação de sua parte faria subir o preço da mercadoria. Era preciso, antes de tudo, agradar ao vendedor; cativá-lo com figuras e obséquios.

E o avarento disse ao mendicante, com ar luminoso e afável, a voz impregnada da mais familiar cordialidade:

— Bem vejo que estás cansado. A tua jornada foi longa. O momento não é oportuno para transações. Convido-te para o sábado. Ficarás em minha companhia. Depois conversaremos com mais vagar.

Ao escurecer, terminado o sábado, voltou o usurário a falar com o *schnorrer* e mostrou-se, finalmente, empolgado pelo desejo de ver a pedra. O mendigo encolheu os ombros num gesto de indolência e cinismo:

— Acaso eu vos disse que tinha um diamante? Perguntei quanto me pagaríeis por um diamante límpido e perfeito, em forma de rosa e do tamanho de uma azeitona. Quero estar informado com toda segurança do preço, pois pode suceder que encontre uma gema com tais predicados, e seria feliz em vendê-la dentro de uma justa avaliação.

Nessa anedota aparece a figura do *schnorrer*, palavra ídiche que designa o mendigo que tem certa empáfia de sua profissão. O *schnorrer* é petulante, às vezes exigente, sabe citar conceitos do Talmude e é de uma filancia incrível na sua arte de tomar dinheiro dos judeus. Cf. Israel Zangwill, *El rey de los schnorrers*, trad. de Manuel Goldstray (Buenos Aires, 1945).

Respeito pelo trajo

Conta-se que Rabi Hiyya bar Abba, sempre em busca da verdade, certa vez consultou o Rabi Assi:

— Por que se vestem com tanto apuro os sábios na Babilônia?

Rabi Assi, na precipitação de atender ao companheiro, respondeu levianamente, sem refletir:

— Porque são de cultura medíocre e procuram granjear o respeito com os seus atavios.

Essa explicação foi, casualmente, ouvida pelo Rabi Johanan, e esse sábio corrigiu com severidade:

— Penso que estás enganado, meu amigo. Eles se vestem com exagerado apuro porque são imigrantes e diz o rifão popular: "Na minha cidade, sou respeitado pelo renome que consegui; em terra estranha, respeitam-me pelo meu trajo..."

Sabbath, 145 b. Cf. Lewis Browne, op. cit., p. 198.

Deus é infinito

*Os céus proclamam a glória de Deus, e o firmamento
anuncia a obra de suas mãos.*
Isaías, 45-81.

Pode o homem — com sua inteligência limitada — conceber Deus Infinito?

Os conhecimentos que temos dos atributos divinos são imperfeitos, analógicos e feitos mais de negações que de afirmativas.

Essa verdade o Talmude evidencia ao recordar um episódio famoso:

Adriano, imperador romano, chamou um dia o rabino Josué ben Nanya e disse-lhe com precipitada vivacidade:

— Quero ver o Deus de que falas!

— Impossível! — contrariou o sábio, revestindo ares de maior seriedade.

— Para César o impossível não existe — atalhou impaciente o soberano, com ar de enfatuada segurança.

O rabino conduziu o orgulhoso e obstinado imperador até à varanda do palácio e pediu-lhe que fitasse o sol durante alguns instantes. Pouco faltava para o meio-dia; a luz incomparável se derramava, como um dilúvio ardente, sobre a terra.

— Não posso olhar para o sol! — confessou, afinal, o romano, levando a mão aos olhos, ofuscado pela luz.

Com palavras pausadas, mas cheias de autoridade, concluiu o rabi:

— Não podeis olhar para o sol, que não passa, afinal, de uma insignificante estrela do céu! Como quereis pôr os vossos olhos em Deus, que é mais forte do que todos os sóis do Universo e mais refulgente do que todos os mundos que povoam e iluminam o Infinito!

Koullin, 59 b e s. Cf. A. Cohen, *Le Talmud*, p. 45. Cf. Moisés Beilinson e Dante Lattes, *O Talmude*, trad. de Vicente Ragognetti, p. 39.

A lasca de lenha

Um dia, quando passeava em companhia de Rabi Haggai, cruzou o Rabi Zaira com um lenhador que levava pesado feixe de lenha. Dirigiu-se o Rabi Zaira ao lenhador e pediu:

— Dá-me, por favor, uma lasca de madeira para palitar os dentes.

Advertiu-o, porém, o piedoso Haggai em tom confidencial:

— Não faças isso. Se todos os viandantes, pelo longo caminho até a aldeia, se julgarem com direito a uma lasca, a lenha com que esse pobre homem ganha o seu sustento logo acabará. Àquele que tem pouco, nem mesmo um pouco devemos pedir.

Cf. Lewis Browne, *Sabedoria de Israel*, p. 207.

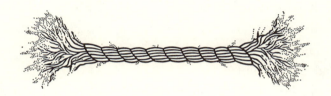

Tudo para o bem

*O mal persegue os pecadores e os bens
serão a recompensa do justo.*
SALOMÃO

O rabino Aquiba costumava em sua vida aceitar e sofrer com resignação e firmeza qualquer revés, qualquer desgraça que lhe sobreviesse, e não se perturbava, como também, pensando em Deus, confiava sempre em que todas as coisas haviam, afinal, de suceder para vantagem sua e para a salvação de sua alma. "Deus faz tudo para o bem"; estas eram as palavras que costumava repetir em todos os lances de sua vida.

Certa vez, viajava esse rabino por longínquos países onde não tinha nem conhecidos nem amigos. Os seus únicos bens eram compostos de um burrinho e um galo. Era quase noite, e encontrando-se de súbito em meio de trevas, apertou o passo até o povoadozinho mais perto com a esperança de ali encontrar um albergue. Logo que chegou, mirou de um lado e de outro, interrogou os transeuntes, bateu a muitas portas, porém de lugar nenhum ouviu palavra amiga, ninguém o recebeu nem atendeu à sua súplica.

Sem estranhar tanta prova de egoísmo e impiedade, o rabino pensava assim:

— Paciência! Deus faz tudo para o bem. Já que não encontro aqui asilo, passarei a noite no bosque vizinho.

Com esse pensamento se dirigiu para fora do povoado com o burrinho e o galo, levando na mão uma candeia. Todavia, apenas o pobre doutor se adiantou pelo meio daquele espesso bosque, uma rajada de vento lhe apagou a luz, deixando-o imerso na escuridão.

— Deus faz tudo para o bem! — exclamou logo, e caminhando às tontas avançou pelo meio das trevas e refugiou-se num recanto. Enquanto estava ali todo encolhido e silencioso, meditando, ouviu um terrível rugido e um rosnar assustador. Era um leão que devorava o seu asno.

— Será para o bem — murmurou o bom Aquiba, e se acocorou junto do galo, único companheiro sobrevivente da viagem. De repente sentiu o resfolegar de estranho animal que rapidamente se afastou. Um arrepio o sacudiu, arrancou-o ao devaneio. Estendeu o paciente Aquiba a mão com cautela e não encontrou mais o galo. Não havia dúvida. Um gato montês ou qualquer outro carnívoro da mata lhe havia arrebatado o galo.

— Ah, tudo é para o bem! — repetiu, segundo o costume, o conformado rabino.

Decorreu finalmente aquela larga noite, surgiu o dia e Aquiba, todo sonolento e vacilante, deixou o bosque.

Ao aproximar-se do povoado, encontrou alguns infelizes que pareciam feridos, as faces em sangue, os vestidos em frangalhos.

— Pobrezinhos! — lamuriou-se o sábio. — Que desgraça terrível lhes teria sucedido?

— Não sabes — respondeu um dos desgraçados —, esta noite um bando de ladrões atacou o povoado à mão armada, arrasou as casas e matou quase todos os moradores. Por um milagre conseguimos escapar!

— Deus misericordioso! — pensou então o rabino. — Pois se fico a dormir no povoado teria sido, como os demais, vítima dos assaltantes. Se a luz da candeia não se apaga, os ladrões me teriam visto! Se aqueles animaizinhos não tivessem sido mortos, a minha presença seria revelada aos malfeitores pelo cantar do galo ou pelo zurrar do burro. Tenho razão em proclamar: tudo que Deus faz, o fará para o bem.

O Rabi Aquiba é citado no Talmude como modelo ímpar do homem de fé. "Tudo para o bem" é o relato de um dos muitos episódios que coroam a vida desse grande vulto de Israel. Veja: Berachot, cap. 8.

E para os meus pobres?

Em tempo de carestia, um *zaddik* encarregou-se de coletar os recursos suficientes para alimentar os famintos da comunidade. No percurso, acercou-se de certo ricaço notoriamente soberbo e violento, que, em vez de lhe dar esmola, lhe assentou uma bofetada na face. O santo homem vacilou um instante; depois, enxugando a face ensanguentada, susteve-se um momento pensativo, e retorquiu com brandura:

— Isto, meu filho, foi evidentemente para mim. E agora que dás para os meus pobres? — E ficou muito sério a contemplar o ricaço sem esboçar o mais leve movimento.

Antologia hassídica, de J. Newman e Samuel Spitz. Apud Lewis Browne, op. cit., p. 492. A mesma façanha é atribuída a um grande vulto do catolicismo.

A mercadoria preciosa

O sábio Rabi Joshna cruzava os mares com muitos mercadores. Em dado momento, durante a viagem, um dos mercadores interrogou o rabi:

— São muitas as tuas mercadorias?

O douto Joshna mergulhou num curto silêncio e depois respondeu com naturalidade:

— São muitas e preciosas. Nada, porém, receio do mar.

O indiscreto mercador sabia, porém, que no porão do navio não havia, entre os imensos volumes que o abarrotavam, um só fardo que pertencesse ao rabi. Contou o caso aos companheiros e todos riram do homem.

— É um ingênuo esse rabi — disseram. — Não tem nada e julga possuir muito!

O navio naufragou; perdeu-se tudo o que ele levava no seu bojo, e os mercadores a custo salvaram a vida. Chegaram, afinal, a um porto estrangeiro. Entrando na sinagoga local, o douto rabi pediu licença para pronunciar um sermão. As suas palavras, cheias de sabedoria e bondade, encantaram os ouvintes. Reconheceram os chefes da comunidade que não havia, na cidade, quem pudesse rivalizar com aquele recém-chegado, e a congregação o nomeou diretor da escola, com belo e honroso subsídio. Deixando a sinagoga, o mestre foi acompanhado pelas figuras de mais prestígio da população.

Os mercadores empobrecidos se dirigiram então ao ilustre companheiro de viagem para solicitar auxílio. Socorridos imediatamente com a importância necessária para as passagens de volta, disseram ao sábio:

— Vós tínheis razão. Eram muitas e preciosas as vossas mercadorias. As nossas se perderam; a vossa, porém, ficou intata.

Este episódio é citado em Teroumoth que é uma das subdivisões do Talmude. Cf. Edmond Fleg, *Anthologie juive*, Paris, 1933, volume I, p. 322.

Meia fatia de pão

Narram os doutos, no Sanhedrim, a singular aventura ocorrida com dois discípulos do Rabi Hanina. Esses jovens, à semelhança do mestre que os educara, não acreditavam nas artimanhas dos feiticeiros. Certa vez, quando se internavam numa floresta em busca de lenha, toparam com um astrólogo. Ao vê-los, o astrólogo, depois de observar a posição dos planetas, os advertiu do perigo que os ameaçava: não voltariam vivos da mata. Isso, porém, não dissuadiu os jovens de continuarem o caminho. Meia légua depois encontraram um ancião que se aproximou deles e pediu alguma coisa para comer. Os discípulos do Rabi Hanina dispunham apenas de um naco de pão, mas não hesitaram em reparti-lo com o pedinte. Colheram, a seguir, a lenha de que precisavam e voltaram para a aldeia. Um camponês, que tinha ouvido a predição, ao avistar os jovens de regresso interpelou o astrólogo, encarando-o com ar de mofa:

— Mais uma vez erraste. É falsa a tua astrologia. Os lenhadores voltaram. Ali estão eles!

Não se conformou o astrólogo com o desfecho do caso e, mordido pela suspeita, convidou os dois discípulos a desatar o feixe de gravetos que traziam; no meio da lenha foi encontrada uma serpente morta e cortada ao meio.

— A Morte se aproximou de vós — declarou com firmeza o adivinho —, mas não vos feriu. O golpe do destino foi desviado. Que fizestes para merecer que vos livrassem da morte certa?

— Nada que saibamos — respondeu um deles com desvanecida credulidade. — Durante a jornada encontramos, apenas, um velho faminto, e a esse infeliz demos a metade do nosso pão.

Bradou então o astrólogo, apontando para os lenhadores e relanceando o olhar de um para o outro:

— Eis tudo explicado! Que posso eu fazer, se o Deus dos judeus se deixa influenciar por meia fatia de pão?

Talmude, Sanhedrim, 39 b. Sobre certas previsões fracassadas, com surpresa para os astrólogos, há no Talmude vários episódios. Cf. R. Cansino-Assens, op. cit., p. 104.

Abba Judah, o piedoso

Os rabis Eliezer, Jashua e Aquiba chegaram aos arredores de Antioquia. Nessa viagem os sábios angariavam auxílio para discípulos necessitados. Lá morava um certo Abba Judah, que fora até então muito liberal nas suas contribuições; perdera, porém, todos os seus haveres e achava-se sem recursos. Anunciada a presença dos rabis, Judah se recolheu à sua residência, vexado e triste. A esposa, apreensiva com o abatimento do marido, o interrogou:

— Por que estás assim tão tristonho?

— Os rabis já se acham na cidade — respondeu ele —, vieram em busca de auxílio e não sei como poderei contribuir para a obra que eles realizam.

A mulher, que também possuía espírito abnegado e caridoso, sugeriu:

— Resta-nos aquele campo para além do rio. Vende a metade e dá aos bons rabis o produto da venda.

Judah assim fez. Quando entregou o auxílio aos rabis, ouviu apenas estas palavras: "Que sejam supridas as vossas necessidades."

Os sábios partiram e Judah foi lavrar a metade do campo que ainda lhe ficara. Ao iniciar a faina, a vaca que puxava o arado tropeçou e feriu a pata. O lavrador abaixou-se para socorrer o animal; nesse momento, avistou no meio da terra um pote cheio de moedas de ouro. O bondoso Judah refletiu:

— Foi de certo para meu bem que esta vaca feriu a pata. Só assim pude achar este tesouro.

Alguns meses depois, os rabis voltaram a Antioquia e perguntaram por Judah. Das informações colhidas apuraram que Abba Judah voltara a ser um homem riquíssimo, dono de muitos rebanhos e camelos!

O próprio Abba Judah procurou os rabis e, depois de os saudar, disse-lhes arrebatado, envolvendo-os no mesmo sorriso de admiração:

— Fui amparado pelas vossas preces. A boa sorte caiu sobre mim.

O judicioso Aquiba, falando em nome de seus companheiros, disse ao bom Judah:

— Embora, na vez anterior, outros dessem mais do que tu, inscrevemos teu nome na lista em primeiro lugar.

E os três ilustres rabis convidaram Abba Judah para jantar,

sentaram-se ao lado dele e prestaram-lhe todas as homenagens. Lá está escrito no Livro dos Provérbios (18-16): "A esmola do homem lhe abre caminho e o leva perante os grandes do mundo."

Este episódio é extraído do Talmude de Jerusalém, Horayot, 3:7.

O juramento do tratante

Em livro bem antigo encontramos descrito o caso de um homem que entregou a um certo Simão Bartolomeu vinte moedas para guardar. Decorridos alguns meses, reclamou a quantia. O indigno depositário esquivou-se declarando:

— Estás equivocado, meu velho. De mim já recebeste, na íntegra, o dinheiro. Nada mais tenho de teu em meu poder.

O dono do dinheiro exigiu que Simão Bartolomeu fosse à sinagoga e repetisse essa declaração, sob juramento. O tratante acedeu ao pedido. Antes, porém, tomou de um bastão oco, nele enfiou as vinte moedas, e levando esse bastão como se fosse uma bengala, compareceu à sinagoga. Convidado a proferir o juramento, voltou-se para o queixoso e disse de afogadilho:

— Segura esta bengala enquanto eu profiro o juramento que de mim exigiste.

Deteve-se um pouco, suspenso, e a seguir, na presença do rabi e de vários anciãos, proclamou com voz pausada:

— Juro, pelo sagrado nome do Senhor, que nas mãos deste homem entreguei o dinheiro que foi confiado ao meu cuidado.

Ao ouvir essas palavras, o outro homem, tomado de viva cólera, largou sem querer o bastão, que caiu e rolou pelo soalho. Com a queda se partiu o cabo da falsa bengala e as moedas, com escândalo para todos os presentes, se espalharam pelo chão.

O velho rabi que presidia o ato, frio e imperturbável, dirigiu-se ao reclamante e sentenciou:

— Apanha, meu amigo, essas moedas. Elas pela vontade suprema voltaram às tuas mãos.

Cf. Pesikta Rabbathi, 12 b. Encontramos em *Dom Quixote*, de Cervantes, um episódio que parece ter sido inspirado nessa passagem talmúdica.

As joias do rei

Um jovem príncipe, desejando partir pelo mundo, pediu ao pai que lhe fornecesse vestes ricas e joias valiosas de que ele se distinguisse no meio da multidão.

— Veste meu manto de púrpura; coloca o meu colar de rubis, adorna a tua cabeça com a minha coroa e todos te reconhecerão como meu filho.

Assim disse Deus a Israel:

— Aceita a Lei; guarda os meus mandamentos e sereis reconhecido como o povo de Deus!

Pesikta Rabbathi, 298, 2. Cf. R. Cansino-Assens, *Las bellezas del Talmud*, p. 36.

O anel valioso

Procurado certa vez por um mendigo, verificou o Rabi Schmelke que não dispunha de dinheiro algum para dar esmola. Esquadrinhando as gavetas da esposa, encontrou no fundo da caixa de costuras um anel e o deu ao pobre. Ao regressar à casa, a mulher viu a gaveta aberta, a caixa revolvida, e dando pela falta do anel desatou a gritar. O marido explicou-lhe o que ocorrera, e ela o intimou a correr no encalço do mendigo, e retomar o quanto antes o anel que fora dado. Tratava-se de uma joia que valia cinquenta táleres. Que absurdo! Entregar a um mendicante desconhecido uma peça preciosa, uma joia de família.

O *zaddik*, ao ouvir aquilo, saiu de arremesso, correndo pela rua afora, e, alcançando o mendigo, advertiu-o ofegante:

— Acabo de saber que o anel que de mim há pouco recebeste vale cinquenta táleres. Não consintas, portanto, que te deem por ele quantia abaixo de seu verdadeiro valor.

Este singular episódio é citado por Elien-J. Finbert no artigo *Recits hassidiques*, do livro *Aspects du génie d'Israel*, Paris, 1950, p. 83. Veja também "Doutrina e histórias hassídicas", em Lewis Browne, op. cit., p. 494.

A letra "A"

Um persa se aproximou, certa vez do Rabi Yannai e pediu-lhe que o iniciasse no estudo da Torá.

Acedeu o rabi e, apontando para a letra *alef*, assim começou:

— Aqui está, meu amigo, a letra A!

— Como podeis provar que essa letra é um A? — retorquiu o persa com certa malícia impertinente.

O rabi, num gesto rápido e inesperado, puxou-lhe com violência a orelha.

— A minha orelha, a minha orelha! — protestou o homem.

— Como me provarás que é a tua orelha? — ralhou o mestre, fitando-o muito sério.

— Ora, ora — gaguejou o persa, já meio desconfiado. — Toda gente sabe!

— Pois toda gente sabe que esta letra é um A — replicou o rabi.

A facécia do sábio, aquele recurso imprevisto, fez rir o persa, que se tornou, desse dia em diante, um aluno atento e dedicado.

Este episódio é citado em Kohelet Rabbah, 7, que constitui uma coletânea de comentários folclóricos sobre o Eclesiastes.

O cálice dourado

Certa vez, a esposa do *koretzer* comprou um cálice dourado para a cerimônia do sábado. Ao reparar naquela peça cintilante, o *zaddik* indagou com certa estranheza:

— Desde quando temos em casa utensílios de ouro?

A mulher tentou justificar-se, dizendo:

— Olha: não é ouro legítimo; é apenas um cálice dourado.

— Minha filha — repreendeu o *zaddik* com reprovadora frieza —, o uso deste cálice não exprimiria apenas vaidade e arrogância; ao usá-lo implantaríamos nesta casa também o engano e a mistificação.

E recusou servir-se do cálice ao proferir o *Kidush*, na cerimônia do *schabat*.

Lewis Browne, op. cit., p. 496, fez incluir esse episódio no capítulo de seu livro intitulado *Doutrina e histórias hassídicas*.

A pedra preciosa

*Beijados serão os lábios que respondem
com palavras retas.*
SALOMÃO (Provérbios)

O Rabi Safra tinha uma pedra preciosa e queria vendê-la. Dois mercadores lhe ofereceram cinco moedas pela gema. Ele, porém, teimava em pedir dez. A divergência obstou a transação.

O Rabi Safra, pensando a sós na transação, deliberou, por fim, ceder a pedra pelo preço proposto.

No dia seguinte, os dois negociantes voltaram no justo momento em que o rabi se entregava à oração.

— Senhor — declarou um deles —, vimos fechar a transação. Quer ceder-nos a pedra pelo preço oferecido?

O Rabi Safra não respondeu. Continuou orando.

Insistiu o ofertante:

— Bem, bem, não queremos aborrecê-lo. Daremos mais duas moedas.

O velho rabi permanecia mudo.

— Ora, vamos! Liquidemos o caso. Vá lá, como é do seu desejo. Interessa-nos o negócio. Aqui tem as dez moedas. Queremos a pedra.

O Rabi Safra, que nesse momento terminava suas preces, decidiu, erguendo imperativo a voz:

— Senhores. Eu estava em oração e não quis interrompê-la. Quanto à pedra, já havia resolvido vendê-la pelo preço ontem proposto. Dar-me-eis cinco moedas. Mais do que isso não posso aceitar.

Cf. Léon Berman, *Contos do Talmude*, o Talmude Macoth, p. 24. Veja: Cansino-Assens, *Las bellezas del Talmud*, p. 133. O Macoth é uma das muitas subdivisões do Talmude.

Princípio fundamental

Conta-se que certa vez um modesto carregador se apresentou ao Rabi Aquiba e pediu-lhe:

— Mestre, ensina-me toda a Torá de uma vez.

Surpreendido com aquele pedido, disse o rabi com um tom demorado de reflexão:

— Meu filho, Moisés, nosso mestre, permaneceu no monte quarenta dias e quarenta noites, para chegar ao conhecimento da Lei; e tu queres que eu te ensine a Torá inteira de uma vez! Em todo caso, meu filho, eis o seu princípio fundamental: "Não faças a outrem o que não queres que te façam. Se queres que ninguém te prejudique no que te pertence, não causes prejuízo aos outros; se desejas que não te privem do que é teu, não tires o seu a outrem."

O carregador se juntou aos companheiros e todos jornadearam, até chegar a um campo de melões, onde cada um colheu vários frutos, exceto o nosso homem. Continuando o caminho, toparam os viajantes com soberbo campo de repolhos. Cada qual apanhou dois, salvo o nosso carregador. Perguntaram-lhe os outros os motivos dessa voluntária abstenção; e ele respondeu com a maior simplicidade perante o olhar inquiridor dos companheiros:

— O Rabi Aquiba ensinou-me: "Não faças a outrem o que não queres que te façam. Se desejas que não te privem do que é teu, não tires o seu a outrem."

Aboth de Rabi Nathan, cap. XXV, p. 51. Cf. A. Cohen, op. cit., p. 27 d. O Aboth de Rabi Nathan figura entre os tratados apócrifos posteriores à *Michná*. Ernesto Renan em *História de Israel*, tomo III, p. 408, escreve: "Um livro singular chamado Pirké Aboth conserva-nos os nomes dos doutores mais celebres da época herodiana, com suas sentenças mais características, que respiram amor ao estudo, amor à vida na solidão, repulsa à vida mundana e ao mundo oficial."

Os dez mandamentos

No terceiro mês da saída do Egito, chegaram os israelitas à raiz do monte Sinai. Subiu Moisés ao ponto mais alto desse monte e ouviu a voz de Deus. Com palavras que ecoavam entre as nuvens e rolavam pela imensidade do céu, disse o Senhor a Moisés:

— Eis o que anunciarás aos filhos de Israel. Vistes o que fiz aos egípcios, e de que forma os protegi. Portanto, se escutardes a minha voz, e guardardes minha aliança, sereis meu povo escolhido.

Desceu Moisés do Sinai, reuniu os israelitas e referiu o que o Senhor lhe dissera. Exclamaram os israelitas com decidida veemência:

— Faremos aquilo que o Senhor determinar.

Reapareceu Deus a Moisés e disse-lhe:

— Manda ao povo que se prepare e se purifique, hoje e amanhã, e que aguarde o terceiro dia.

Ao amanhecer desse dia, relâmpagos cortavam o céu e surdos trovões abalavam o ar. Espesso nevoeiro envolveu a montanha do Sinai, no alto da qual se erguia uma coluna de fogo e fumo, e ao mesmo tempo, do meio das nuvens escuras, retinia cada vez mais forte um som de trombetas. Sucediam-se aquelas manifestações da Divina Vontade com tanto estrondo e fragor que o povo, acampado na planície, ficou tomado de indizível terror. Moisés reuniu toda sua gente ao pé da montanha, perante a face de Deus, e o Senhor falou deste modo a Israel:

I. Eu sou o Senhor, teu Deus; não terás deuses estranhos em minha presença: não farás imagens esculpidas para adorá-las.
II. Não tomarás o nome do Senhor teu Deus em vão.
III. Lembra-te de santificar o dia do descanso do Senhor.
IV. Honrarás a teu Pai e a tua Mãe, a fim de viveres longa e ditosa vida sobre a terra.
V. Não matarás.
VI. Não cometerás adultério.
VII. Não furtarás.
VIII. Não levantarás falso testemunho.
IX. Não desejarás a mulher de teu próximo.
X. Não cobiçarás a casa de teu próximo, nem seu criado, nem sua criada; nem seu boi, nem seu jumento, nem coisa alguma que lhe pertença.

O povo reunido ao pé da montanha reafirmou com devota e sincera humildade:

— Faremos tudo o que o Senhor determinou!

Levantou Moisés um altar, e ofereceu sacrifício ao Senhor. Tomou depois o sangue da vítima, e aspergindo-o sobre o povo disse:

— Eis o sangue da Aliança que convosco faz o Senhor!

"O cerne de todo saber de Israel está na Torá, 'a lei'; e o núcleo desse cerne é o Decálogo ou os 'Dez Mandamentos'. Documento algum exerceu influência mais persuasiva na vida religiosa e moral da humanidade. Nada há, realmente, que se possa comparar ao Decálogo em brevidade, clareza, poder de persuasão e — considerada a sua idade — alta feição moral. Existem na Bíblia duas versões: uma no Êxodo (20:2-14) e a outra no Deuteronômio (5:6-21): ambas são, ao que parece, elaborações de um código original que só constava provavelmente dessas dez sentenças enérgicas. O número dos mandamentos foi limitado a dez, talvez para ajudar os primitivos pastores a guardá-los na memória, recordando-os pelos dedos." Cf. Lewis Browne, op. cit., p. 6.

Honras e alegrias

Um ricaço de Hommona, muito vaidoso, obcecado pela mania das grandezas, desejava ardentemente ser eleito chefe da comunidade. Insinuara essa ideia aos amigos mais prestigiosos sem ousar pedir claramente.

Certa vez, em palestra com o Rabi Abba Shapira, queixou-se amargamente:

— O Talmude (Erubin, 13, a) diz-nos que, quando fugimos das honras, estas nos perseguem. Comigo tal coisa não ocorreu. Esquivei-me das honras. Elas, porém, não correram atrás de mim.

— As palavras do Livro — retorquiu o mestre — são sábias e verdadeiras. As honras fogem de ti embora caminhes na frente delas. E a razão é simples: é que a todo instante volves a cabeça para ver se elas te seguem!

Cf. Lázaro Liacho, *Anecdotario Judío*, M. Gleizer Editor (Buenos Aires, 1945), p. 123. O mesmo episódio, segundo Lewis Browne, op. cit., p. 500, ocorreu com o famoso Rabi Simchah Bunam, *zaddik* de Parsischa (morto em 1827).

Parábola do tesouro

Um homem que tornava, certo dia, das terras de Efraim, ao atravessar um campo abandonado, descobriu, casualmente, sob um monte de pedras, várias peças de ouro e diamantes. Representava tudo aquilo um tesouro prodigioso que ali fora enterrado, muitos séculos antes, por aventureiros do deserto.

Arrebatado pelo desejo de possuir o tesouro, resolveu o homem adquirir o terreno, pois só assim poderia tomar posse do precioso achado.

Retornou, pois, à cidade em que vivia e começou a desfazer-se de todos os seus bens. Vendeu seus bois, suas vinhas, suas peles; levou ao mercado até a velha bilha em que guardava a água fresca no fundo de sua tenda.

Os amigos que o viam assim proceder interpelavam-no acremente:

— Insensato! Por que te desfazes de todos os teus bens? Quando quiseres adquirir outra vinha e outros bois, não serão suficientes as moedas que amealhaste!

O homem, porém, mostrava-se surdo a tais advertências. Sua ideia fixa era reunir quantia bastante para comprar o terreno e entrar na posse do tesouro.

E assim fez. Surpreendidos ficaram todos quando o viram reaparecer rico e opulento. É que o tesouro alcançado valia mil vezes mais do que todos os bens de que se desfizera.

O reino do céu é semelhante a um tesouro. Transformemos em caridade os nossos bens da terra, pois só com a moeda da caridade é que se pode adquirir o grande tesouro do céu.

Esta admirável parábola se encontra em Mateus, XIII, 44, conforme já assinalamos; qualquer antologia israelita ficaria incompleta se nela não figurasse a valiosa contribuição da moral cristã. Jesus era judeu e está, portanto, vinculado a Israel. Convém reler a nota explicativa que acompanha o episódio do "Bom samaritano".

As folhas do quicaion

Deus foi clemente com Israel quando dispersou os filhos de Israel por muitas nações.
RABI OSHAYA

Provindos dos recantos mais afastados da Judeia, numerosos peregrinos se dirigiam, pela velha estrada de Jafa, aos templos sagrados de Jerusalém.

Havia entre eles cristãos sírios que cantavam, ao cair da noite, intermináveis ladainhas; judeus de Jafa e de Gaza, que se divertiam em ouvir seus rabinos discutirem, em hebraico, pontos controversos do Talmude; árabes muçulmanos, arrastando os grandes albornozes, que cinco vezes por dia interrompiam a jornada para erguer preces a Alá, Onipotente. Iam, também, entre crentes de religiões tão diversas, aventureiros sem Deus, mercadores sem pátria e beduínos sem Deus e sem pátria que, escondidos entre as pedras do caminho, combinavam ataque às caravanas mais fracas.

Um judeu de Ludd, rapaz alegre e inteligente, fizera durante a viagem boa amizade com um jovem muçulmano de Damasco. Raro era o dia em que, os dois não discutiam acaloradamente; um procurando exaltar as qualidades dos israelitas; o outro, erguendo na teia do exagero, os belos predicados do povo árabe.

Certa manhã, Salomão Galperin e Omar Dhalum — assim se chamavam os dois jovens peregrinos — se achavam junto à fonte de Ain-Dilb, perto da aldeia de Beit-Nokouba, a pequena distância de Jerusalém.

Em dado momento Salomão, dirigindo-se ao companheiro, falou em tom de desafio:

— Há um fato que não podes negar, meu amigo. É certo que os judeus são muito mais valentes que os muçulmanos!

— Estás enganado — contrariou Omar, com um gesto rápido e incisivo. — Não há povo no mundo que possa exceder os árabes em coragem e temeridade. Para os covardes não há tenda sem sombra no país do Islam!

Riu-se o judeu, esfregando as mãos num triunfo:

— Belas palavras, ó filho de Ismael. Não nego que as tuas frases são como as dos poetas do deserto, lindas e sonoras! Gostaria, porém, de ter uma prova segura desse destemor que atribuis, com tanta generosidade, a todos os árabes.

E, apontando para um pé de quicaion — a erva de Jonas —, planta extremamente venenosa que se encontra frequentemente na Judeia, ajuntou:

— Julgo que não serias, ó muçulmano, capaz de comer algumas folhas daquele quicaion.

Blasonou logo o árabe, sacudindo os braços:

— Mas Alá! Eu devoraria as folhas mortíferas do quicaion com a mesma facilidade com que sei saborear as tâmaras mais doces de Samarra! Não temo o veneno da erva de Jonas, pois só morrerei envenenado se Alá quiser!

— Pois aposto mil piastras — proclamou o judeu com um sorriso de singular desdém — como não tens coragem de comer uma folha do quicaion!

Aquele singular desafio, feito publicamente na presença de várias pessoas, feriu fundo na vaidade do árabe. Bem conhecia os efeitos da perigosa planta, cujo veneno atirava por terra, em poucas horas, o mais resistente dos homens. Tentado porém pela sedutora quantia e instigado pelos outros peregrinos, o árabe murmurou resoluto:

— Ualá! Se está escrito que hei de morrer envenenado, nada me livrará desse triste destino! *Mactub*!

E, dirigindo-se ao quicaion, arrancou algumas folhas e comeu-as — com grande assombro de todos os que assistiam àquele curioso litígio. O judeu, já arrependido da aposta que havia feito, foi obrigado a entregar ao muçulmano a bolsa com as mil piastras.

— Estás vendo, ó israelita, de que é capaz um crente?

— Grande coisa! — resmungou o judeu, abalado pela perda do seu precioso pecúlio. — Eu também seria capaz de fazer o mesmo!

— Mentes, ó filho de Israel! A coragem nunca soube procurar abrigo no coração de um infiel! Aposto estas mil piastras como não o fazes!

Sem dar tempo a que o árabe se arrependesse do que havia dito, o judeu — desejoso de recuperar o dinheiro perdido — atirou-se rápido sobre o pé de quicaion e comeu um bom número de folhas da venenosa planta.

Os peregrinos judeus aplaudiram o ato temerário do jovem israelita e o árabe se viu forçado a devolver-lhe a preciosa bolsa.

Um sábio rabino, que tudo havia observado desde o princípio, era, entre os circunstantes, o único que se abstivera de instigar com aplausos e zombarias a temeridade dos litigantes.

— Insensatos que sois! — sentenciou, com voz grave, aproximando-se dos dois jovens peregrinos. — Queira o Santo que o mais negro dos castigos não venha, em breve, cair sobre vós por causa da loucura que acabais ambos de praticar! Uma discussão tola, nascida de uma rivalidade injustificável, vos levou a praticar atos inúteis de heroísmo! Que lucrou o muçulmano em comer a erva venenosa? Nada! Em apostar com a própria vida, que lucrou o israelita? Nada! E, no entanto, estão ambos agora em perigo de vida! Dentro de poucas horas, a Morte virá buscar-vos e vereis, então, a triste consequência de vossa temeridade.

Conto popular israelita. Encontramos no folclore brasileiro um conto semelhante. A forma que adotamos foi moldada pela narrativa que ouvimos do jovem Saul Dachis, aluno da Faculdade Nacional de Arquitetura.

O pecado do outro

Vários discípulos se acercaram do Rabi Simeão ben Yohai. Um deles o interrogou:

— É verdade que do pecado de um homem não resulta apenas o mal para si? Pode esse pecado ferir outras criaturas?

O rabi, para explicar essa dúvida, tão obscura, narrou o seguinte:

— Estavam alguns homens, em alto mar, numa embarcação, e um deles, presa de momentânea loucura, se pôs a abrir um furo debaixo do seu banco. Os seus camaradas o interpelaram: "Que estás fazendo?" Respondeu o insensato em tom rancoroso, os olhos esbugalhados: "É acaso da vossa conta? Não estou abrindo um buraco debaixo do meu banco? Deixai-me agir aqui como bem entender." "Estamos em viagem", admoestou o mais velho, "e tudo que interessa ao nosso barco é da nossa conta. A tua insânia poderá causar a ruína e a morte de todos nós, pois a água invadirá o bote e iremos todos para o fundo." E dirigindo-se aos companheiros, ajuntou com energia apontando para o louco: "Prendam-no! Esse homem, em liberdade, fará a nossa desgraça e a nossa perdição!"

Adaptação de um episódio talmúdico. Cf. Ayikra Rabbah, 4:6.

O avarento e o espelho

Rico e incorrigível avarento foi, certa vez, consultar um *zaddik*. Este o levou até à janela que dava para a rua, e apontando para fora perguntou:

— Que estás vendo através deste vidro?

— Muita gente — respondeu o ricaço, afetando indiferença. — Vejo crianças que brincam, mercadores que passam, mendigos andrajosos que estendem a mão.

O *zaddik* o conduziu até diante de grande espelho e de novo o interrogou:

— E agora que estás vendo nesse vidro?

— Agora, vejo-me só a mim — gracejou o avarento, com ostentação de ricaço.

Prontificou então o *zaddik*, acentuando as palavras com severidade:

— Repara nisto, meu amigo, repara bem. Na janela, há vidros; e o espelho também é de vidro. Mas o vidro do espelho está coberto de uma tênue camada de prata, e por causa desse revestimento deixas de ver os outros e só enxergas a ti próprio. A tua alma, à semelhança do espelho, traz um revestimento de prata. E esse revestimento jamais permitirá que a tua vista alcance os teus irmãos, os teus amigos e os teus companheiros.

Este episódio é citado por Louis Newman, op. cit., p. 99. Cf. Lewis Browne, op. cit., p. 493, no capítulo "Doutrina e histórias hassídicas".

A bolsa perdida

Rico avarento perdeu a bolsa e anunciou que recompensaria generosamente quem a encontrasse. Aparecendo-lhe um pobre com a bolsa perdida, o avarento contou e recontou o conteúdo, por fim exclamou:

— Faltam aqui cem rublos! Vai-te embora, homem! Esperas ainda, depois dessa fraude ignóbil, que eu te dê uma gratificação?

O outro, ferido por tal calúnia, pois não tocara no dinheiro, queixou-se ao *zaddik* local. O *zaddik*, que era muito acatado e gozava de alto prestígio, mandou vir à presença o sovina e interrogou-o:

— Quanto havia na bolsa que perdeste?

— Quinhentos rublos — afirmou ousadamente o ricaço, mentindo com hipócrita compostura.

Voltando-se para o pobre, o *zaddik* perguntou conciliador:

— E quanto há na bolsa que encontraste?

— Quatrocentos rublos — confirmou humildemente o homem.

— É claro, então — decidiu o *zaddik*, dirigindo-se novamente ao avarento —, que esta bolsa não é a que perdeste. Devolve-a, portanto, a quem a achou; ele a guardará, até aparecer o verdadeiro dono.

Embora citado por autores israelitas, o episódio da bolsa perdida é de origem folclórica.

O segredo

Se tens um segredo e pretendes escondê-lo de teu inimigo, não o contes ao teu melhor amigo.

Certa vez um homem revelou um segredo ao seu amigo e logo depois o interpelou:

— Entendeste?

O confidente, que era leal e bondoso, respondeu baixando a voz:

— Entendi sim, entendi perfeitamente, mas já esqueci tudo!

Ao sábio Gamaliel alguém, certa vez, perguntou:

— Como escondes um segredo?

— Faço do meu coração o seu túmulo! — foi a resposta do grande rabi.

O teu segredo é teu escravo; se o revelares, serás tu o escravo e ele o senhor implacável e cruel. Um caso de certa relevância e delicadeza conhecido só por duas pessoas é um segredo; logo, porém, que dele tomam conhecimento três pessoas, deixa de ser segredo.

Todos os ensinamentos deste trecho são atribuídos a Ibn Gabirol, o grande filósofo, moralista e poeta. Cf. Lewis Browne, op. cit., p. 296 e ss.

Amor à Terra Santa

Conta-se que o sábio Hulá, nascido na Terra Santa, levado para muito longe dos seus, jazia moribundo na Babilônia. Quando sentiu aproximar-se a morte, começou a derramar copioso pranto.

Disseram-lhe os dedicados discípulos que o rodearam:

— Por que choras? Nós levaremos teu corpo para a Terra Santa e lá terá sepultura digna.

— Ai de mim! — suspirou o mestre. — Será isto o bastante? Ai de mim! Morrer longe da pátria é tortura grande. Depositar o derradeiro suspiro no seio materno é consolo infinito.

Cf. T. J. Berachot cap. S. R. Cansino-Assens, op. cit., p. 205.

A escolha da noiva

Duas vezes por ano — conta-nos o Talmude — as jovens filhas de Jerusalém, vestidas de branco, com flores nos cabelos, iam dançar nas vinhas. E os rapazes ali apareciam para vê-las e escolher cada um a sua noiva.

E as futuras esposas cantavam:

— Observai com atenção, rapazes, e tratai de escolher bem; não vos prendais com a beleza, mas consultai antes a família, porque a graça é enganadora e a formosura é incerta e perecível. A mulher que teme a Deus é que será louvada.

Algumas, porém, sorriam para os namorados numa ardilosa tática de sedução e de enleio.

Cf. em Michná, Tabanith, 4, 8. A. Cohen, op. cit., p. 218.

Deus no meio das chamas

Qual é a razão de ser do princípio da existência?

— Deus!

Há um princípio que tudo explica, uma verdade suprema que tudo ilumina. Essa verdade é Deus!

Deus é infinito, eterno, imutável, livre, onisciente, onipotente. E a onipresença de Deus é "absoluta" — proclama o Talmude.

Conta-se que certa vez um pagão interrogou um rabino:

— Por que, falando a Moisés, nosso Deus se mostra no meio de uma sarça em fogo?

Respondeu o sábio:

— Foi para mostrar aos homens que Deus existe por toda parte, até mesmo no seio das chamas!

Talmude, Cf. R. Cansino-Assens, op. cit., p. 102. O mesmo trecho é encontrado em A. Cohen, op. cit., p. 51. Convém ler, nesta última obra citada, o capítulo "Doctrine de Dieu".

O pregador e as quinquilharias

Dois famosos doutores foram juntos a uma grande cidade onde lhes incumbia, em lições públicas, explicar a doutrina e os pontos obscuros da Santa Lei.

Um dos sábios tomou por tema os sagrados ritos; o outro traçava interessantes e originais comentários e recordava ensinamentos morais por meio de lindas parábolas. A multidão, atraída pelas leves e engenhosas explicações, aglomerou-se logo em volta do orador ameno, ao passo que o erudito rabi, mestre profundo dos Ritos e Preceitos, viu-se no fim de pouco tempo inteiramente abandonado.

O velho sábio, que não contava com a simpatia do auditório, sentiu-se humilhado e decepcionado com a falta de senso dos habitantes.

O companheiro, para consolá-lo, disse-lhe com amistosa solicitude:

— Amigo meu! Que tanta gente se reúna para escutar meus ensinamentos não é uma ofensa para ti, nem para mim uma honra. Admitamos que dois mercadores se apresentem ao povo de uma praça, e que um leve, em pequeno cofre, algumas pedras preciosas, e outro um carro imenso transbordante de bagatelas, bugigangas e de miudezas de ínfimo valor. É coisa certa que a multidão correrá avidamente atraída pelas quinquilharias do segundo e poucas, bem poucas pessoas, irão admirar as gemas preciosas do primeiro. Eis aqui uma imagem bem simples das diversas coisas que simbolizam os temas que ensinamos. As tuas palavras são pérolas; os meus discursos não passam de quinquilharias!

E essas engenhosas palavras eram inspiradas e ditas por um coração generoso e cheio de humildade.

Talmude Sota, p. 41. Cf. R. Cansino-Assens, op. cit., p. 120.

O filho pródigo

Um pai se queixou ao Besht de que seu filho abandonara a religião, tornara-se ímpio e perdulário.

— Que hei de fazer, rabi?

— Amá-lo mais do que antes — ordenou-lhe o Besht.

"Máximas de Baal Schem-Tov". Cf. Lewis Browne, op. cit., p. 476.

Sete vezes mais

Na vigília de um sábado, o douto Meir prolongou além da hora habitual as suas lições públicas. Entre os numerosos ouvintes se encontrava uma boa mulher, a qual ouvia as palavras do sábio com tanta alegria que só se lembrou de deixar a sala de estudos quando a lição terminou. Percebendo que havia se distraído, corre à casa e acha apagada a lâmpada do sábado. O marido impaciente veio a seu encontro e indaga do motivo que a prendera fora do lar tanto tempo e, ao saber da verdade, é tomado de indizível furor.

— Sai de minha casa! — bradou o exaltado. — Só admitirei outra vez a tua presença em nosso lar depois que tiveres cuspido na cara desse doutorzinho!

A pobrezinha, toda perturbada, sai chorando e se põe a pensar como poderia cumprir a aviltante imposição do esposo.

Pensa nas admiráveis lições do douto Meir, dirige-se para a escola, mas depois de caminhar alguns passos retrocede e retorna. Sentia-se envergonhada, sem coragem para fitar a serena pessoa do sábio.

Algumas amigas informaram ao douto rabino da exigência inominável do marido.

— E isso não tem a menor importância — retorquiu o sábio com voz aliciadora e expressão amistosa. — Tragam a boa mulher até aqui. Quero vê-la.

As companheiras levam a infeliz esposa até a escola e por todos os meios procuram erguer seu ânimo tão combalido. Vem o douto Meir a seu encontro e, para arrancá-la da terrível indecisão, diz-lhe com meiguice:

— Boa mulher! Saberás fazer-me um sortilégio sobre meu olho enfermo cuspindo nele.*

A mulher, incentivada por aquela pergunta, adianta-se, aproxima-se do sábio rabi, mas de repente, tomada de espanto e arrependimento, exclama aflita, levada na própria exaltação:

— Não, não, nunca! Eu não sei fazer sortilégio algum!

O rabino insistiu. A mulher, para não contrariar o sábio, acabou por consentir. Disse-lhe, então, o bondoso rabino:

— Boa mulher, vai para casa e diz a teu marido: "Era teu desejo que eu cuspisse no rosto do rabino uma vez. Pois eu fiz muito mais do que isso: cuspi nele sete vezes: agora sejamos amigos!"

---

*Parece que se trata de um remédio cabalístico acompanhado do ato de cuspir sobre o olho. Os comentários não dão mais explicações.

Os discípulos pareciam escandalizados de tanta humilhação. O sábio lhes disse, então, numa atenciosa concessão, sorrindo sem dissabor:

— Para dirimir as desavenças e apaziguar os esposos, o Senhor já permitiu até que Seu santo nome fosse manchado.* Aprendei, pois, que não é indigna nenhuma ação que tende a promover a felicidade e a paz da humanidade. Só o vício e a depravação nos podem aviltar.

Vayira Rabbat, cap. IX. Cf. R. Cansino-Assens, Las bellezas del Talmud, p. 114, sota, 16 d. Convém ler A. Cohen, op. cit., p. 261.

---

*Segundo uma antiga tradição, a mulher que desejava reconquistar a amizade de seu marido escrevia sobre um pergaminho o nome de Deus e lançava na água o escrito.

O ladrão descoberto

Certa vez, estando Mar Zutra, o Piedoso, alojado em modesta estalagem, foi informado de que um dos viajantes roubara a bacia de prata do dono da hospedaria.

Era preciso descobrir o ladrão. O proprietário da estalagem pediu o auxílio de Mar Zutra. No dia seguinte pela manhã o sábio rabi indicou um dos hóspedes, declarando em tom categórico:

— Podem revistá-lo. É ele o ladrão!

Procederam ao exame e, no meio da bagagem do suspeito, foi encontrada a bacia roubada.

Alguém perguntou a Mar Zutra:

— Que sério motivo o levou a desconfiar daquele homem?

O douto israelita explicou com a maior naturalidade:
— Observei-o durante algum tempo. Pude notar que ele, depois de lavar as mãos, ia enxugá-la no roupão de outra pessoa. Ora, aquele que não zela pela propriedade alheia revela que não é homem honrado.

Baba Metzia, 24 a. Neste episódio aparece, mais uma vez, a figura simpática de Mar Zutra, apontado como modelo de virtudes em Israel.

O sacrifício de Hillel

Deus é minha luz, minha Salvação. A quem temerei?
Deus é o baluarte de minha vida. De que recear?
                                    DAVI

O nome de Hillel, ou melhor, do pobre Hillel, aparece na tradição do povo israelita sublinhado pela fama e exaltado pelos clarins da glória.

Quem foi, afinal, esse pobre Hillel?

Muito moço ainda dedicou-se Hillel com verdadeiro amor ao estudo da sagrada lei. Não possuindo meios pecuniários, e esquecido da proteção dos ricos, não via modo de satisfazer aos pobres impulsos de seu coração.

Veio-lhe, por fim, à mente uma solução a dar aos seus desejos. Entregava-se, durante o dia, a fatigante trabalho que proporcionava uma mesquinha moeda. Com a metade desse ganho atendia às necessidades de sua alimentação, o estritamente necessário para não morrer de fome. Com o restante da mísera paga corria jubiloso ao porteiro da Academia dos Doutores e dizia-lhe:

— Ofereço-te este pequeno auxílio com a condição de me deixares entrar e ouvir as lições dos sábios.

O pobrezinho suportou durante muitas semanas esse penoso viver. Veio, porém, o dia em que lhe faltou o trabalho e com ele a costumeira moedinha.

O infeliz não sente a fome torturante que lhe começa a roer as entranhas; pensa, apenas, nas lições que irá perder. Triste e choroso se apresenta ao porteiro do templo e roga e suplica que o deixe entrar. Mas o ganancioso porteiro foi inexorável.

Desesperado, põe-se a rodear a casa. Olha, aguça o ouvido. Da parte de fora nada consegue ver; nada consegue ouvir. Hillel, entretanto, não se deixa vencer pelo desânimo. Preocupado em ouvir os ensinamentos dos rabis, galga lesto o telhado e chega à parte mais alta do edifício e, ó alegria, alcança, no alto, pequena abertura circular, espécie de claraboia, da qual pôde ver, discretamente, os doutores e ouvir as sábias lições.

Era véspera de sábado. O inverno caía rigoroso, estendendo sobre a terra um tapete branco de neve.

Pela manhã novamente vão os doutores à academia, e o presidente, volvendo o olhar em derredor, diz aos colegas:

— Como está hoje escura a sala! Que coisa esquisita! Tudo aqui parece tão triste e sombrio, e no entanto o dia está tão claro!

Os colegas se põem a observar, erguem os olhos, e com surpresa avistam, na parte interna da claraboia, qualquer coisa que parecia o vulto de um homem.

Todos se precipitam para fora do templo, sobem ao telhado, e encontram, no vão da janela, o pobre Hillel, quase a morrer de frio. Para tirá-lo daquele estranho refúgio, foi necessário remover a neve que o cobria.

Cf. R. Cansino-Assens, op. cit.

O cocheiro

Certo cocheiro consultou o *Berditschever* sobre a conveniência de abandonar o ofício, porque este o impedia de frequentar com regularidade a sinagoga.

— Não transportas de graça os passageiros pobres? — indagou o rabi.

— Sim — confirmou o cocheiro. — Não recuso servir àqueles que têm pressa, mas são pobres, sem recursos, e não podem pagar. Sirvo-os até com muito prazer.

Rematou o mestre israelita em tom pausado:

— Nesse caso, meu amigo, serves fielmente o Senhor, no teu trabalho, como se frequentasses a sinagoga.

Lewis Browne, op. cit., p. 498.

A Torá e os tesouros

Ao regressar de longa jornada, o Rabi José ben Kisma encontrou um homem que lhe pareceu simpático e atencioso. Puseram-se a conversar. Debateram muitos problemas e comentaram os acontecimentos de maior relevo. Em dado momento o desconhecido, encarando expressivamente o sábio, perguntou-lhe:

— Rabi, donde vindes?

Informou o douto israelita:

— Venho de uma grande cidade onde há sábios e escribas.

Tornou o homem, pousando com firmeza a mão sobre o ombro do mestre:

— Se concordardes em ficar aqui conosco, eu vos darei mil moedas de ouro, duzentas pérolas e cem gemas preciosas.

Retorquiu o rabi, epilogando com triunfante veemência:
— Se me oferecesses arcas cheias de ouro e prata, todas as pérolas e pedras preciosas que brilham nos tesouros dos reis, eu recusaria ficar num lugar onde não se estudasse a Torá.

Michná. Cf. Lewis Browne, op. cit., A sabedoria da Michná, p. 153.

"Prezai o estrangeiro"

Volta-se a misericórdia de Deus para aqueles que de longe vêm em busca da verdade. Como poderíamos ilustrar essa tão sábia asserção? Narremos um caso.

Rico senhor possuía incontável número de ovelhas e cabras; o belo rebanho saía todas as manhãs a pastar e, ao escurecer, retornava ao aprisco. Um dia, um veado se juntou às ovelhas, e desse dia em diante pastava com elas e as acompanhava de regresso ao curral. Achou o pastor que devia levar o caso ao conhecimento de seu amo:

— Há um veado que sai com o rebanho, pasta com ele e com ele volta para casa.

O senhor, ao ouvir isso, recomenda ao pastor:

— Pois preste muita atenção ao veado, para que ninguém o moleste. Não quero que o afugentem, nem que o assustem.

E ordenou que à noite, quando o rebanho voltasse, o veado recebesse uma ração especial de forragens e água.

Não se conformou o pastor com aquela ordem e fez sentir a seu amo:

— Meu senhor, tendes tantas ovelhas, lindas e de boa raça, e não vos preocupais especialmente com esta ou com aquela; mas dais-me todos os dias novas ordens a respeito desse veado.

Replicou o monarca num tom de censura, embora benévolo:

— As ovelhas costumam pastar nos prados; os veados vivem nas solidões silvestres e não se aventuram em zonas cultivadas. Devemos, portanto, ser gratos ao que renunciou aos seus bosques, onde vivem tantos cervos e gazelas, para morar conosco.

Assim diz também o sábio:

— Devo gratidão ao estrangeiro que deixa a família, a casa de seu pai, para se estabelecer entre nós. Eis o que prescreve a lei em sua sabedoria: "Prezai o estrangeiro."

Esta curiosa parábola é citada no Talmude. Cf. Talmude. Naso, 8-2.

O *hassid* esquecido

Um *hassid*, em palestra com o *gerer*, se declarou incapaz de reter os ensinamentos que ouvia. As lições, no fim de poucos dias, eram por ele inteiramente esquecidas.

— Esqueces, quando saboreias a tua sopa, de levar a colher à boca? — perguntou-lhe o santo homem.

— Não, porque não posso viver sem comer — replicou o jovem com leve impaciência.

— Também não podes viver sem instrução. Lembra-te disso e não esquecerás os salutares conceitos que ouvires de teu mestre.

"Doutrina e histórias hassídicas", apud Lewis Browne, op. cit., p. 508. O episódio é atribuído ao Rabi Isaac Meyer de Ger, apelidado o *gerer*, falecido em 1866. Veja "Os 13 filhos".

Humildade do rei

Discorrendo sobre a humildade, um sábio ensinou ao rei Tejuan que o homem humilde está fadado a longa e ditosa vida.

A fim de usufruir desse dom conferido aos humildes, meteu-se o monarca num trajo surrado, mudou-se para um casebre e proibiu que seus súditos lhe tributassem a menor deferência. Examinando-se, porém, de boa-fé, averiguou que, na sua aparente humildade, se tornara ainda mais soberbo. O filósofo o advertiu:

— Podeis abandonar esses andrajos e cobrir o vosso corpo com ouro e púrpura, conservando, porém, a humildade em vosso coração.

E para revelar ao rei no que consiste a falsa humildade, o sábio narrou a seguinte história:

— Um homem instruído, inteligente e caridoso, tinha infelizmente o defeito da soberba. Disseram-lhe que, se aprendesse a ser humilde, se tornaria perfeito. Ele seguiu o alvitre; estudou todas as regras de humildade até sabê-las inteiramente de cor. Certa vez, um pobre campônio, ao passar por ele, se esqueceu de saudá-lo com o devido respeito. O pretenso humilde, voltando-se para o campônio, protestou: "Idiota! Não sabes então que, desde que aprendi a humildade, sou um homem de caráter perfeito?"

E o filósofo concluiu:

— Era a voz recalcada do orgulho que assim falava. Naquele homem havia, apenas, a aparência de humildade. Aparência e... nada mais.

Este trecho é inspirado nas "Máximas de Baal Schem-Tov". Os humildes são, pelos sábios israelitas, exaltados em todos os momentos. Em certos textos não se referem os mestres aos "santos", mas sim aos "humildes". O espírito de santidade estará forçosamente ligado ao mais profundo e sincero sentimento de humildade. (Cf. A. Cohen, op. cit., p. 272). Já é multissecular esta sentença contra os orgulhosos: "Todo homem que tem o coração tomado pelo orgulho é abominado por Deus." Provérbios, XVI, 5.

As culpas da vida

Atormentado por crudelíssima enfermidade, jazia o Rabi Eliezer, havia largo tempo, imóvel no leito. Um dia se reuniram os amigos e colegas para fazer-lhe uma visita, e o pobre enfermo, prostrado pela exacerbação das dores, expediu, ante os amigos, um profundo e doloroso suspiro e lamentou, com sentida mágoa:

— Ah!, queridos amigos! A Justiça de Deus me visitou!

Aquela expressão piedosa sensibilizou, profundamente, os amigos, que, compadecidos, o fitaram com os olhos marejados de lágrimas. Só o Rabi Aquiba mostrava uma fisionomia serena e entreabria os lábios num sorriso de íntima tranquilidade.

Cheio de estranheza, e torturado pela dúvida, o pobre Eliezer interpelou Aquiba sobre a causa daquele sorriso:

Respondeu o sábio:

— Mestre! Quando tudo te sorria na terra, e tuas vinhas floresciam louçãs e tuas messes não minguavam nunca e teu azeite não se corrompia, e teu mel não se azedava, eu sentia, na alma, uma apreensão penosa e cruel e dizia de mim para comigo: "Será possível que ao mestre querido não se ofereça oportunidade para remissão das culpas?" Mas agora que te vejo atormentado de dores, minha apreensão se desfaz e a alegria me ilumina. O mestre, que tanto estimamos e veneramos, deixará o mundo em condições de receber o prêmio eterno de suas obras e de suas virtudes.

O enfermo exclamou sucumbido, numa expressão de angústia:

— Oh! Aquiba! Em que fase de minha vida faltei à lei de Deus?

— Mestre! Tu mesmo nos ensinaste e todos nós ouvimos de teus lábios que não há, na terra, homem limpo de culpa e isento do pecado!

Talmude, Sanhedrim, p. 101. Cf. R. Cansino-Assens, op. cit., p. 79. Nesse trecho é citado um episódio ocorrido com o Rabi Eliezer Ben H Yrcan, tanaíta da Palestina, notável talmudista, sábio de renome, fundador da Academia de Lu. Rabi Eliezer viveu no século II e foi discípulo de Jochanan nen Zaccai. A esse famoso tanaíta é atribuído o "Pirké de Rabi Eliezer", coletânea de comentários poéticos e de lendas sobre o Gênesis.

Salomão

Salomão, dotado de simplicidade e modéstia, não se afastava da trilha do bem que o pai lhe indicara. Um dia, quando repousava em seu palácio de Gibeon, lhe apareceu, em sonho, o Senhor, e lhe disse:

— Pede-me o que quiseres, e dar-te-ei.

— Vós, Senhor — respondeu Salomão, com humildade —, me fizeste Rei, e eu sou ainda muito moço, fraco, e falta-me a experiência da vida. Dai-me, portanto, um coração dócil e a necessária sabedoria para julgar com acerto e retidão o vosso povo.

Agradou ao Senhor aquele modesto desejo de Salomão. Atendeu-o, pois, dizendo:

— Uma vez que não me pediste nem riquezas, nem larga vida, e que ambicionas tão somente a sabedoria, quero dar-te uma inteligência tão esclarecida e um coração tão bem-dotado como nenhum homem os teve igual, nem os terá jamais. Além disso, de mim receberás aquilo que não ambicionaste: riquezas, honras e vida longa e gloriosa!

E o Senhor proporcionou a Salomão a verdadeira ciência de tudo quanto existia, e assim o jovem monarca conhecia os grandes segredos da vida, a admirável ordem do mundo, as forças dos elementos, as virtudes das plantas, a posição dos astros, os instintos dos animais, e lia os pensamentos mais sutis do homem; com sua ilimitada inteligência, abrangia toda a natureza. Por isso sábios e príncipes de todas as nações vinham admirar a sabedoria de Salomão.

Este episódio do sonho de Salomão é citado pela Bíblia. Cf. Reis, III, 5 e ss. até 15. Salomão foi preparado para reinar em Israel. Recebeu uma sólida e piedosa educação do profeta Nathan, e durante quarenta anos teve em suas mãos o destino do Povo de Deus.

A sentença de Salomão

A suprema sabedoria é a bondade.
BERACHOT, 17 a.

Apresentaram-se certa vez, diante de Salomão, duas mulheres lhe pedindo que decidisse uma contenda.

A primeira, sendo convidada a falar, disse, apontando para a companheira:

— Esta mulher e eu moramos sós na mesma casa, e cada uma de nós tinha um filho. Hoje, durante a noite, lhe morreu o filho porque ela sem querer o abafou durante o sono. Pela manhã, percebendo que eu dormia, veio ela ao meu leito, tirou meu filho, substituiu-o pelo corpo do pequeno morto. Quando despertei mais tarde, dei com o morto junto de mim, mas reparando bem vi que não se tratava de meu filho.

A outra mãe interrompeu e protestou com energia, gesticulando enfurecida:

— É falso, ó rei! Essa mulher mente! O filho dela é que morreu. O meu está vivo!

Diante daquele singular litígio, Salomão chamou um dos seus soldados e disse-lhe:

— Arranca de tua espada, e parte ao meio esse menino que é disputado pelas duas mães. Darás uma das metades a uma delas; entregarás a metade restante à outra.

A verdadeira mãe do menino, ao ouvir tão sanguinária e bárbara sentença, ficou traspassada de susto, e cheia de angústia, arrebatada pelo amor materno, implorou de joelhos:

— Rei, por quem sois! Não sacrifiqueis o menino! Prefiro, mil vezes, que ele seja entregue vivo à minha indigna rival!

A outra mulher, sacudindo os ombros, murmurava com rouquejos na garganta, numa mímica de desdém:

— Não seja nem para mim, nem para ti! Parta-se ao meio.

Ao reparar nas atitudes das mães, Salomão pronunciou então a sentença, fazendo ecoar bem forte a sua voz:

— Não se parta o menino!

E apontando para a mulher que implorava em tom de piedosa súplica, proclamou irrevogável:

— Que seja entregue vivo a esta, pois esta é a verdadeira mãe! A outra, a impostora, que mentiu com tanta desfaçatez, será punida com dez chibatadas.

E, diante dessa incomparável sentença, todos os homens proclamaram que a sabedoria de Salomão era o maior tesouro de Israel.

Esse episódio se encontra na Bíblia: Reis, III, 16 e ss. até 28. Segundo a narrativa bíblica, o menino que as duas mães disputavam teria, no máximo, três dias de idade. Referindo-se ao Livro dos Provérbios de Salomão exarou Tristão de Athayde a seguinte apreciação: "Não é um livro como outro qualquer. Não é um livro nascido da mente de um gênio que possa ou deva estar sujeito ao arbítrio individual de todas as interpretações. É um livro singular. É um livro à parte. É o livro supremo onde se contém simultaneamente história, lenda e revelação." Tristão de Athayde, *O livro dos provérbios*, Ed. José Olympio, p. 9.

Cântico dos Cânticos

Eu estava dormindo
Mas o meu coração vigiava.
Eis a voz de meu amado
Que estava batendo:
    — Abre-me, amiga minha, esposa minha,
    Delícia de minha vida!
    Os meus cabelos estão cheios de orvalho,
    E o frio da noite
    Pesa-me nas faces.
— Já despi o meu vestido — respondi —
Como o tornarei a vestir?
    Já lavei os meus pés
    Como os tornarei a sujar?

A mão de meu amado
Roçou, de leve, na porta
E o meu coração
Vibrou intensamente,
Arrebatado pelo amor!
Eu me levantei para receber o meu amado;
   Retoquei pressurosa
     Os anéis de meus cabelos;
   E com a mirra mais pura.
   Perfumei as minhas mãos.
   Abri a porta ao meu amado.
   Mas ele já não se achava mais ali!
     Busquei-o ansiosa
     No silêncio da noite,
E não o encontrei!
Desorientada, corri pela estrada
À sombra do luar suave e triste.
Acharam-me os guardas
Que rondavam a cidade
E eu lhes perguntei:
"Viste aquele a que ama
a minha alma?"
     Às mulheres, que por mim passavam,
     eu implorava aflita:
"Ó filhas de Jerusalém!
O meu amado é meu,
E eu sou dele!
Ele apascenta o seu rebanho
Entre os lírios;

Se encontrardes o meu amado
dizei-lhe que eu o procuro
sob o céu de nossa terra,
sequiosa de amor!"

Eis um pequeno trecho do "Cântico dos cânticos" (em hebraicoc: *Schir-ha Schirim*), poema de amor e de paixão atribuído ao rei Salomão e incluído na Bíblia. Admitem os doutores que esse poema é uma expressão alegórica do amor entre Deus e Israel. Cf. Edmund Fleg, *Anthologie juive*, vol. I, p. 292. Sobre o "Cântico dos cânticos" é indicada a leitura do livro *Histoire de la litterature hebraique et juivre*, de Adolpho Lods, col. Payot, 1950, p. 743. Escreve Augusto Frederico Schmidt: "Só mesmo estudando demoradamente esse "Cântico dos cânticos" — só mesmo procurando surpreender o encanto intraduzível dos seus versos — é que me foi possível perceber a ordem, a graça e a força desse poema tão singular, tão diferente, tão humano, desse poema que constitui até hoje um enigma para os que procuram desvendá-lo e interpretá-lo." Augusto Frederico Schmidt, *Cântico dos cânticos*, Ed. José Olympio, p. 7.

O cão morto

Uma fábula oriental descreve um ajuntamento de ociosos em pequeno mercado nos arredores de Jerusalém, em torno de um cão morto que ainda mostrava, amarrada ao pescoço, a corda com que o haviam arrastado pelo chão. Os que o cercavam olhavam-no com repugnância.

— Empesta o ar — disse um, apertando o nariz com os dedos e trejeitando uma careta de nauseado.

— Reparem na sua pele rasgada que nem para correias de sandálias serve — galhofava um outro.

Um egípcio corpulento aludiu às orelhas sujas e sangrentas do animal, e rematou com voz empastada:

— Foi, sem dúvida, enforcado por ladrão.

Desse grupo de homens aproximou-se um desconhecido que ouvira os diversos comentários. Em seu rosto resplandecia estranha luz, e todo o seu porte indicava dignidade fora do comum. Pondo os olhos meigos no animal morto e vilipendiado, disse em seu belo e límpido aramaico:

— As pérolas desmerecem diante da alvura dos seus dentes.

Todos os circunstantes se voltaram para ele com assombro, e, vendo-o tão sereno e compadecido, indagavam, entre os dentes, uns aos outros, quem poderia ser aquele homem. E retiraram-se cabisbaixos, envergonhados, quando alguém alvitrou: "Deve ser Jesus, o rabi de Nazaré, que só Ele sabe encontrar qualquer coisa digna de piedade e aprovação, até mesmo num cão morto!"

Cf. Malba Tahan — *Lendas do céu e da terra*, 9ª ed., p. 180. Convém reler a nota que se encontra na p. 216, na qual justificamos a inclusão, nesta antologia, dos ensinamentos de Jesus.

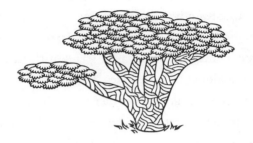

O braseiro do rio Cedron

Um judeu rico e impiedoso apostou, de uma feita, em como ninguém seria capaz de passar, na época da invernia, uma noite inteira dentro do ribeiro de Cedron.

O Cedron, tantas vezes citado no Livro Santo, não passa de um filete líquido que se esgueira pela Terra Santa a poucas milhas do Templo, triplicando, porém, o volume de suas águas durante as longas e copiosas chuvas hibernais. Nesse período, a temperatura das águas baixa a tal ponto que seria suplício insuportável uma imersão demorada em seu lençol.

Propalado o singular desafio, logo se apresentou um jovem, de origem humilde, que se dispunha a realizar a audaciosa façanha, para fazer jus ao prêmio prometido.

A mãe do rapaz, entretanto, se opunha ao arriscado tentame, apontando ao filho temerário os inconvenientes do perigoso banho onde ele poderia encontrar a morte, ou, pelo menos, uma grave enfermidade. A nada quis atender o tresloucado, que, às prudentes advertências maternais, contrapôs o argumento de que seria o único meio de saírem da miséria, pois a paga oferecida pelo rico apostador iria constituir um pequeno pecúlio à sua alquebrada velhice.

Aceitas, afinal, as condições da aposta, encaminharam-se o milionário judeu, o destemido rapaz e a desolada mãe, seguidos das testemunhas, para as margens do Cedron.

E logo que o sol entrou a descambar no horizonte, assinalando o início de novo dia judaico, o moço entrou no rio, suportando a ação frigidíssima da água, em presença da multidão que se aninhava curiosa. Alguns populares, ansiosos para que o orgulhoso ricaço perdesse a aposta, estimulavam o moço a manter o ânimo ovante:

— Muito bem! Coragem, rapaz! O frio não atemoriza os valentes!

Outros, porém, lamentavam, de antemão, o fim trágico daquela temeridade:

— Não estará com vida ao despontar do Sol!

Com o lento andar da noite, retirou-se o ricaço com grande parte da assistência, a quem o espetáculo se tornava monótono, permanecendo apenas as testemunhas da aposta, protegidas por bons agasalhos, e a mãe do jovem que, da margem do rio, de quando em vez, quebrava o silêncio com sua voz débil e plangente, a chamar, em aflitivo desespero, pelo filho dedicado que, metido na água até o pescoço, lutava contra o frio impiedoso que lhe gelava os membros.

As horas se alongavam para a infeliz e para o destemido moço numa trágica e cruciante lentidão. E alta noite a temperatura baixara tanto que a mísera anciã, sem o menor abrigo, não dispondo de xale ou simples manta, se lembrou de que poderia aquecer-se a uma fogueira. E apanhando, aqui e ali, alguns gravetos e dois punhados de folhas secas, acendeu um pequenino braseiro; só assim pôde, aconchegada ao tímido calor, resistir ao vento gélido e cortante que varria, desoladoramente, os campos da Judeia.

A rubra luz do sol, erguendo-se no horizonte, pôs termo, enfim, à dolorosa aposta. Foi o rapaz retirado de dentro do rio por alguns amigos, já enregelado, semimorto, e do estranho desafio proclamado vencedor.

Juntamente com as testemunhas se dirigiram todos à casa do rico israelita, autor da aposta, a quem tudo narraram. Um dos presentes exaltou a extraordinária dedicação materna:

— O frio era tão intenso, senhor, que a pobre velha, para não abandonar o filho, se viu forçada a acender um braseiro.

— Como? — estranhou o milionário. — A mãe do rapaz acendeu uma fogueira?

— Fiz, sim, com umas poucas brasas — confirmou a boa velhinha.

— Nesse caso — retorquiu o pérfido ricaço, em tom enfático —, não pago coisa alguma. Foi um ardil de que ela lançou mão para aquecer o filho e abrigá-lo, também, do frio. Está, portanto, nula a aposta.

A escusa cínica do judeu, o desprezível motivo que alegava, não tinham nenhum cabimento. Como poderia um pequeno braseiro à margem do Cedron aquecer quem estava mergulhado nas frias águas do rio?

O rapaz não se conformou com a recusa, e a conselho de amigos recorreu ao juiz da cidade.

O digno e respeitável magistrado, depois de ciente do caso pelas inúmeras testemunhas; depois de ouvir as razões alegadas pelos litigantes, reconheceu, por sentença, contra a opinião unânime do povo, que o direito estava do lado do rico e a aposta não devia ser paga.

Filho e mãe, desapontados com o julgamento não hesitaram em recorrer ao Tribunal Superior denominado Câmara dos Três Juízes. Atendendo aos argumentos do réu milionário o tribunal confirmou a sentença, proclamando que o braseiro à margem do Cedron aquecia as águas impetuosas do rio. Essa iniquidade não desanimou os dois infelizes e a questão foi levada à Corte de Apelação, tribunal de alto prestígio, onde mais de trinta juízes, depois de largos e eloquentes arrazoados, julgaram boa a decisão anterior. Restava, agora, como último recurso, o *Tribunal dos Setenta Anciãos*, ao qual os interessados levaram a demanda, que devia ser discutida e julgada em presença do rei Davi e do príncipe Salomão.

Salomão era nesse tempo muito jovem e iniciava a sua carreira; dotado, porém, de inteligência agudíssima, logo compreendeu, pelos comentários que eram feitos, que os Setenta Anciãos estavam inclinados a favor do rico, e que mais uma vez a iniquidade da sentença inicial seria confirmada. A ameaça daquela clamorosa injustiça revoltou o jovem príncipe.

Antes, pois, de ser iniciado o julgamento do célebre pleito, Salomão convidou o rei Davi, seu pai, e os venerandos juízes do alto tribunal para um grande banquete.

Aquele convite do príncipe foi recebido com visível demonstração de alegria.

— Aguardemos o banquete — diziam alegremente os juízes. — São sempre apetitosos os manjares da corte do rei Davi!

Aconteceu, porém, que o banquete oferecido por Salomão começou a demorar.

Em dado momento o rei Davi, já impaciente, reclamou:

— Mas, afinal, quando pretendes anunciar esse banquete?

— Senhor — desculpou-se Salomão —, a comida ainda não está pronta. É bem possível que dentro de alguns momentos possamos saborear o banquete.

Passaram-se porém, mais duas horas. Os juízes famintos murmuravam irritados com a demora. O rei Davi protestou com energia:

— Que fazem os servos que não preparam logo os manjares?

— Rei Davi — explicou Salomão com voz sombria e arrastada —, acabo de ser informado, pelos nossos auxiliares, de que na cozinha de vosso palácio está ocorrendo um caso altamente misterioso que não consigo decifrar. O fogo, por mais forte que seja, não é suficiente para aquecer a comida!

— Como assim — estranhou o rei Davi num vozeirão soturno —, que fogo é esse que não aquece a comida?

— Convido-vos, ó rei — sugeriu logo Salomão com alvoroço —, convido-vos, juntamente com os vossos esclarecidos juízes, a admirar a estranha ocorrência.

O rei Davi e os setenta juízes, levados por Salomão, foram até as cozinhas do palácio. Ali chegados, viram, com assombro, sobre uma larga prancha, os manjares do banquete, inteiramente crus dentro das panelas ou enchendo os grandes caldeirões; a pequena distância vários fogões e fogareiros, bem acesos, lançavam inutilmente as suas labaredas para o ar.

— Que loucura! — protestou, num tom meio jocoso, o rei Davi. — Como pretendes aquecer a comida se o fogo está aqui, de um lado, e as panelas estão a três passos, do outro lado! Isso é um disparate!

— Em terras de Israel — ponderou gravemente Salomão —, deve ser tida como muito acertada a disposição que se observa aqui. A nossa sábia justiça proclamou, em várias sentenças, reconhecidas como justas pelos mais íntegros doutores, que um insignificante braseiro, nas margens do Cedron, é suficiente para aquecer a um homem imerso na água gelada desse rio. Ora, é evidente que as chamas destes enormes fogões e fogareiros deverão forçosamente aquecer as panelas que estão a dois passos deles.

O rei Davi e os setenta anciãos reconheceram a fina alegoria do inteligente príncipe. E, nesse mesmo dia, reformaram a sentença injusta e decretaram que o rico apostador era obrigado a pagar ao jovem o prêmio fixado, acrescido de uma pesada multa.

Cf. Nicolau Rodrigues. Op. cit., p. 280. L. Randon, "Sagesse de Salomon" (*Apocryphes de l'Ancien Testament*"). São igualmente dignos de atenção os dois contos: "Salomon et le grillon" e "Salomon et Asmodée", citados por A. Weil em seu livro "Contos et legendes d'Israel", Lib. Nathan, 1928, p. 53 e ss.

Glossário

Aboth — do Rabi Nathan, subdivisão do Talmude apresentada como um suplemento do *Pirké Aboth* e atribuída ao sábio Nathan da Babilônia. Aparece no Talmude sob forma fragmentária.

Alenou — uma das preces mais sublimes da liturgia israelita, recitada, em geral, no fim de cada ofício religioso. O *Alenou* proclama a Unidade de Deus e a missão que compete a Israel de tornar a verdade conhecida de todos os povos, de modo que o Santo seja adorado pela humanidade inteira e os Seus mandamentos fielmente obedecidos.

Aramen ou *aramaico* — dialeto popular usado pelos judeus da Palestina depois de regressarem do cativeiro da Babilônia.

Avdalá — cerimônia do ritual israelita. Cumprem-na os religiosos no sábado, à noite, na hora em que terminam as festas e começa o período em que o trabalho é permitido. Consiste numa prece em que o crente implora as bênçãos do Senhor para a semana que se inicia. No momento de proferir a prece ritual, o judeu tem diante de si um círio aceso, vinho, aroma; isto é, luz, vinho, perfumes — símbolos dos benefícios que devemos a Deus. *Avdalá* significa "separação".

Baba Mazia — porta do Meio. Uma das subdivisões do Talmude.

Baal Schem — apelido dado a Israel Ben Eliezer (1700-60), taumaturgo e místico, de grande prestígio, que viveu na Polônia, onde fundou a seita do hassidismo. Em oposição ao judaísmo ortodoxo, que leva ao exagero as minúcias da prática religiosa, e ao talmudista, cujas discussões se perdiam em sutilezas enervantes, procurava Baal Schem o refúgio das florestas silenciosas e das montanhas, a certeza de que Deus está muito perto do homem e que uma intensa prece pode fazer que a criatura, desembaraçada das preocupações mesquinhas e indignas, possa, face a face, comunicar-se com o Criador. Os israelitas viam no Baal Schem um homem dotado de predicados sobrenaturais; previa o futuro, realizava milagres, curava enfermos, e como o Baal Schem agisse desinteressadamente, só pelo desejo de ser bom e de ajudar os outros, o povo se acostumou a chamá-lo "Baal Schem Tov" que significa "Bom Senhor de Nome de Deus". O dogma central do hassidismo (pietismo) era a crença de que tudo — a alma, a matéria, o bem, o mal, as aves, as nuvens, a luz, os rochedos — são manifestações de Deus. Decorre desse dogma que Deus pode ser adorado em toda parte e não por meio de fórmulas certas ou palavras invariáveis. Logo o indivíduo mais ignorante pode, como o mais sábio, aproximar-se de Deus. E, sendo tão fácil chegar a Deus, os homens devem transbordar de alegria, cantar, dançar e até embriagar-se moderadamente. O Besht não deixou livro, mas as suas sentenças foram guardadas por vários discípulos e finalmente publicadas em hebraico, em ídiche e em alemão.

Bakoira — aquele que lê a Torá.

Bellemen — estrado sobre o qual fica o rabi na sinagoga.

Berachotk — uma das subdivisões do Talmude. Contém as diversas preces e inúmeras histórias e lendas. O vocábulo *Berakkolth* significa *bênção*.

Besht — apelido pelo qual era conhecido o Baal Schem. Veja *Baal Schem*.

Balalaica — instrumento de corda.

Berditschever — um dos muitos religiosos israelitas que adotaram as teorias do hassidismo. Faleceu em 1809. Incontáveis são os episódios e anedotas que envolvem o nome desse sábio.

Bíblia — do grego Bíblia, tradução do hebraico *Sefarim*, "os livros". Coleção de 24 Livros Santos dos Hebreus que a tradição judaica declarou inspirados por Deus. Esses 24 Livros são classificados pelos doutores israelitas em três grupos: 1º — *Torá* de Moisés ou *Pentateuco*; 2º — Os *Nebins* (os Profetas); 3º — Os *Ketubins* (os escritos) que compreendem as obras líricas, morais e poéticas (Salmos de Davi, "Cântico dos cânticos" etc.).

Cabala — do hebraico *Kabbala*, tradição, nome dado a um conjunto de doutrinas teosóficas e secretas que (segundo os historiadores) eram transmitidas por meio de verdadeiras iniciações. A Cabala foi por Adão transmitida aos Profetas e dos Profetas passou para os tanaítas (século II d.C.). A Cabala vai lançar suas raízes nas audaciosas interpretações dos primeiros capítulos do Gênesis, na visão de Ezequiel e no "Cântico dos cânticos".

Debarim Rabba — coletânea de lendas e comentários sobre o Deuteronômio. Acredita-se que tenha sido elaborada no ano 900 (aproximadamente) da era cristã.

Deuteronômio — em hebraico *Debarim* (as palavras), quinto livro do Pentateuco.

Divórcio — é interessante indagar como o problema do divórcio foi encarado pelos sábios israelitas que compuseram o Talmude. Vale a pena sublinhar, no famoso Livro da Lei, este pensamento admirável: "Quando uma esposa é repudiada pelo marido, um estremecimento de horror agita a terra inteira." Cf. R. Cansino-Assens *Las bellezas del Talmud*, antologia hebraica, Editorial América, 1919, p. 39.

Elias — uma das figuras mais relevantes do Antigo Testamento. Nasceu em Tesbe, cidade da tribo de Neftali. Encarregou-o Deus da missão de afastar os israelitas do culto de Baal e Astarteia. Elias realizou vários milagres, e no monte Carmelo confundiu publicamente os sacerdotes dos falsos deuses. Perseguido pela rainha Jezebel, retirou-se para o deserto, onde Deus o consolou com uma soberba visão. Depois de ter previsto a ruína do rei Achab e a destruição do povo e do exército desse monarca, entregou ao profeta Eliseu a continuação de sua obra. Elias não morreu; segundo as Escrituras foi arrastado para o céu num carro de fogo. A vida de Elias é relatada no Livro dos Reis, que é uma das partes da Bíblia.

Erubin — uma das subdivisões do Talmude.

Essenianos — seita que floresceu na Palestina na época correspondente ao Segundo Templo, mas cuja origem exata não foi, até agora, devidamente esclarecida. Os essenianos pregavam a igualdade civil, viviam castamente, cultivavam as terras e dedicavam-se aos trabalhos manuais. Para eles, o escopo primordial da vida se resumia no amor a Deus e aos homens. Os israelitas atribuem aos essenianos uma doutrina secreta que foi, segundo presumem os historiadores judeus, a célula inicial da *Cabala*.

Fariseu — de *pharash*, interpretar — ou, segundo alguns: *reparar*. Os fariseus lançaram alicerces da tradição rabínica mediante a interpretação da lei sagrada.

Galaad — uma das regiões em que se dividia a antiga Judeia.

Gaon — termo hebraico equivalente a ilustre. Chefe da principal academia rabínica da Babilônia nos primórdios da Idade Média.

Guemara — instrução. Ampliação talmúdica da decisão legal da *Mischná*.

Gênesis — em hebraico *Bereschit* (começo), primeiro livro do Pentateuco.

Gueto — palavra de origem desconhecida. Acredita-se que tenha resultado da abreviatura de *borghetto*, diminutivo de *borgo* — quarteirão. O *gueto* era o bairro ou quarteirão em que viviam os judeus.

Gói — apelido pejorativo com que os judeus, em geral, designam um indivíduo que não é judeu. O vocábulo "gói" (ou *góim*) pertence ao idioma denominado ídiche.

Hassid — religioso israelita, adepto da teoria do *hassidismo*. Veja *Baal Schem*.

Hassidismo: Veja *Baal Schem*.

Hazan — o cantor da sinagoga. É palavra antiquíssima, e talvez tirada do assírio *haganou* — chefe, diretor.

Haggada — em hebraico rabínico significa "conto" e, em particular, conto edificante. A palavra designa a parte da literatura rabínica que consiste em lendas, anedotas, parábolas. Por oposição a *Halacha*, que é afirmação de uma jurisprudência, a *Haggada*, na literatura talmúdica, é um conjunto de interpretações e tradições não jurídicas e sem força de lei.

A *haggada* de Salomão intitulada "Os ovos cozidos" (cf. Nicolau Rodrigues, op. cit., p. 285) encontra-se no folclore brasileiro, conforme assinala Lindolfo Gomes, "Contos populares brasileiros", p. 136.

Halacha — opinião. Interpretação, tradição ou decisão de um doutor do ponto de vista da jurisprudência.

Hebreu — do radical judaico *ivsi* que originariamente designava "pessoa da outra margem" (aludia ao rio Jordão). O termo deveria aplicar-se só aos israelitas e judeus antes do cativeiro. Depois dessa data o termo *judeu* se tornou de uso comum.

Het-adnessed — casa de orações.

Hillel — também chamado *Hillel, o Antigo* ou *Hillel, o Grande*, um dos maiores doutores da Torá. Acredita-se que tenha falecido no ano 10 da era cristã. Hillel é autor das famosas Sete Regras de Interpretação que devem orientar a interpretação dos comentários das Santas Escrituras.

Ídiche — Sob esse nome, derivado do alemão *Judisch* (judeu), é conhecido o idioma que falam os judeus da Rússia (e dos países que integravam a antiga Rússia imperial), da Polônia, da Romênia, da Áustria, da Hungria e também, aqueles que imigraram para os Estados Unidos. Em ídiche são publicados centenas de jornais, revistas, obras literárias e até livros de ciência. Em Nova York, onde vivem milhões de judeus, há teatros que representam peças traduzidas para o ídiche ou escritas diretamente nesse idioma. No ídiche o vocabulário alemão entra com 60 por cento dos termos e expressões. A parte restante é constituída de palavras adaptadas ou tomadas do hebraico, do russo, do polonês, do romeno etc. Um dos escritores mais populares, na pujante e notável literatura ídiche, é Scholem Aleichem. *Scholem Aleichem* (A paz sobre vós) é pseudônimo de S. Rabinovitch (1859-1916), humorista russo de renome universal, apelidado o "Mark Twain judeu".

Islam — palavra árabe, e que literalmente designa "abandono em Deus", ou melhor, "resignação". Sistema religioso fundado por Maomé. Em sentido comum designa o conjunto dos países que seguem a religião maometana.

Israel — significa em hebraico "Campeão de Deus". Designava primitivamente o reino setentrional onde residiam as "Dez tribos de Israel". Esse vocábulo é sinônimo de judaísmo e designa o país dos judeus.

Kaddisch — (santificação), prece em aramaico, redigida na época do Segundo Templo.

Kamareinskaia e *kazatchock* — danças populares dos camponeses russos. A *kazatchock* era executada por meio de sapateados.

Kria — ação de rasgar as vestes.

Maccoth — uma das subdivisões do Talmude. Contém as disposições relativas aos crimes, delitos e contravenções.

Maguid — predicador. No seu empenho em conquistar prosélitos, o *maguid* vai de comunidade em comunidade, ensinando e proferindo sermões.

Mactub! — estava escrito. Vocábulo árabe. Particípio passado do verbo *katba* (escrever). Expressão característica do fatalismo muçulmano. Significa: tinha que acontecer.

Malamed — professor.

Meir — Várias vezes citado neste livro, o nome de Rabi Meir impõe-se à nossa admiração e à nossa simpatia pela sua bondade, pela elevação de suas palavras e pela sua invejável cultura. Foi o maior didata de Torá que se pode assinalar em Israel. Viveu esse rabi no século II depois de Jesus Cristo. Teve por esposa a sábia e piedosa Beruria, filha do Rabi Charinia. Veja no conto "Resignação" a nobre e santa atitude de Beruria, a mãe israelita, exaltada pelos mais sábios rabis como um modelo de perfeição. Cf. *Berouris*, Léo Bernan, op. cit., pag. 68.

Meribah — Nome de uma localidade situada no deserto de onde o povo sedento se levantou contra Moisés proferindo até imprecações contra Deus. Moisés, confirmando o sentido divino de sua missão, fez a água pura surgir milagrosamente brotando da rocha viva.

Midrasch — plural *Midraschim* — interpretação dos textos sagrados.

Midrasch Rabba — grande *Midrasch* — nome dado a uma vasta coletânea de interpretações haggádicas, relativas aos cinco Livros do Pentateuco, e também ao "Cântico dos cânticos", Eclesiastes, Provérbios, Rute e Ester.

Midrasch Tanchouma — coletânea de comentários sobre temas folclóricos do Pentateuco. Essa coletânea é atribuída ao Rabi Tanchouma, que viveu no Século IV.

Mischná — (do verbo *schana*, repetir, ensinar), coletânea de decisões fruídicas, interpretações e comentários sugeridos aos doutores da Lei pelos textos bíblicos. A *Mischná* é dividida em seis ordens: *Zeraim, Moed, Najchim, Neizikmin, Tahatroth* e *Kodachnim*. Cada uma dessas ordens admite diversas subdivisões. A *Mischná* "é a principal" obra dos *Tanaim*, ou melhor, dos tanaítas.

Nedarim — uma das subdivisões do Talmude.

Nome de Deus — O judeu, ao invocar o nome de Deus, diz Santo, ou ainda, o Santo e não Jeová. O nome de Deus só era pronunciado uma vez a cada ano, no Templo, pelo Sumo Sacerdote, quando abençoava o povo no dia da expiação. Os israelitas, como demonstração de respeito e fé, substituíam o sublime Jeová por Adonai (Senhor). Deriva-se o vocábulo Jeová da forma *haja* ou *hava*, que exprimia existir, ser. Lê-se no Êxodo (III, 14): E disse Deus a Moisés: "Serei o que serei." E disse mais: "Assim dirás aos filhos de Israel: 'Serei me enviou a vós.'"

Afirmam os estudiosos da Cabala que era dificílima a pronúncia de Jeová pelos hebreus. A excelsa palavra era representada, na escrita, por quatro letras, cada uma das quais possuía certo poder mágico e atributos cabalísticos. Os Iniciados (como Salomão e os sábios), segundo a lenda, traziam o nome Inefável gravado num anel, e com esse signo operavam prodígios. Tal é a origem do chamado "Signo de Salomão". Outro vocábulo empregavam os hebreus para indicar o nome de Deus: *Elohah* (no singular), *Elohini* (no plural); *Schaddaí* ou *Shammah*, onipotente; *El*, o forte. Para um estudo mais completo convém ler: Nicolau H. Rodrigues, "Lendas e costumes hebraicos".

Parábola — Apresentava Jesus os seus ensinamentos sob a forma de parábolas. Tal é, por exemplo, a parábola do tesouro que aqui oferecemos aos leitores.

Etimologicamente, parábola significa semelhança, aproximação, analogia desenvolvida.

No Antigo Testamento designa uma forma especial, um gênero de apólogo desenvolvido. É uma narração quase sempre fictícia que exprime simbolicamente uma verdade religiosa e em que entram como principais agentes seres ou hábitos de vida humana.

Pesikta Rabbathi — coletânea de comentários extraídos da Torá e dos Profetas. Acredita-se que tenha sido redigida por volta do ano 845.

Pirké Aboth — Veja *Aboth*.

Pope — padre ortodoxo de grande prestígio no regime tsarista. O pope nas aldeias do interior era a segunda autoridade depois do *puritz*.

Puritz — príncipe. Nome dado ao antigo governador de uma ou mais aldeias russas. O *puritz* era, perante a comunidade local, senhor absoluto e tinha o direito de vida e de morte sobre qualquer de seus súditos.

Rabi — título com que são em geral designados os sábios religiosos (talmudistas), os chefes das escolas ou das comunidades. No tempo de Jesus esse título era empregado em sinal de simples cortesia ou de respeito. Nos últimos tempos, devido à dissolução do culto no templo, a autoridade em assuntos religiosos passou para as mãos dos letrados, e o título de rabi ou rabino passou a ter uma significação oficial, restringindo-se a sua aplicação às pessoas autorizadas a resolver questões legais ou de rito. O título rabino é conferido atualmente, em caráter oficial, aos ministros (israelitas) do culto mosaico. Na Babilônia, o título correspondente é *Rab*, dizia-se também *Reb* ou *Rebe*. No Evangelho (São João, XX, 16) vemos Jesus receber o título de *raboni*, ao qual o comentarista acrescenta a nota: "Raboni quer dizer mestre."

Rebe — designa rabi em dialeto ídiche.

Shabbat — "No dia de sábado" — *Shabbat*, não devem os judeus fazer nem mandar fazer qualquer trabalho, de qualquer natureza, nem mesmo a preparação de alimentos. Conhecemos pessoalmente alguns que teriam escrúpulo em abrir uma carta, colher uma flor, e mesmo acender luz por uma simples pressão num botão elétrico. É-lhes vedado nesse dia escrever, andar de carro e fazer compras — não devendo sequer pôr a mão em dinheiro.

Havia na antiguidade, em vigor entre os judeus, um tratado especial para a guarda do sábado, que começava pelos "regulamentos necessários para terminar a sexta-feira", na previsão de prolongar-se até o advento da hora de sábado, qualquer trabalho ou serviço.

Exatamente pouco antes da hora do "princípio do sábado", nenhum trabalho devia ser encetado nem empreendido. Tampouco trabalho algum devia ser terminado ou continuado, desde que fosse o *momento exato* do sábado. O alfaiate largaria a sua agulha, o escriba a sua pena, o mestre-escola devia suspender incontinenti os serviços ou afazeres escolares etc. Nesses regulamentos da guarda do sábado há, entre outras medidas, todas preventivas, proibições como esta, por exemplo: aquele que estiver "examinando um vestuário" à luz da lâmpada, deve suspender o trabalho "porque, entretido nesse serviço, podia ultrapassar a hora sagrada e matar algum inseto, alguma pulga" — e "aquele que mata uma pulga é semelhante ao que mata um camelo!"

Esses regulamentos estabelecem também, uma seleção perfeita para bebidas, comidas, roupas e quase todos os mais objetos de uso doméstico, predestinados singularmente para o dia de repouso.

Para a comida que devia ser usada nesse dia, havia uma lista especial de alimentos, bem como o modo de prepará-los ou conservá-los para uso do dia.

A maneira de preparar as refeições sem acender fogo ocupava saliente lugar no Regulamento preventivo; não só alimentos, como o seu preparo, eram escolhidos dos *não usados nos dias úteis*.

Entre as regras, notemos estas: "O forno devia ser esquentado *antes da hora* do advento, com palha miúda, trapos, fitas de madeira; as brasas e tições deviam ser *logo apagados* ou *cobertos com cinza*."

Não se deviam *esquentar ovos em chaleira* ou *caldeira*, nem dentro de pano quente ou guardanapo, nem, ainda (se alguém quisesse passar por cima da Lei, com algum subterfúgio), na areia quente ou esquentada pelo sol.

Como o sábado começava *ao escurecer da sexta-feira*, a lâmpada era objeto indispensável e tanto ela como a torcida ou mecha, o azeite ou óleo, sofriam um estudo antes de serem empregados para uso do sábado. A lâmpada não era a mesma dos outros dias úteis.

Se acontecia apagar-se a lâmpada durante a noite do sábado, regras especiais eram determinadas para ser novamente acesa.

Para evitar a *profanação* da lâmpada, a casuística rabínica enumerava regras, conforme fosse apagada: "por medo de ladrão", por um gentio, por um mau espírito, por um golpe de vento, devendo pagar a oferta de Qorban.

Mui longa é a lista dos casos que constituem a profanação do sábado. Todos os trabalhos agrícolas, desde o rotear dos campos, semear, colher, apanhar grãos ou espigas, feixes, ou galhos, até trabalhos de indústria ou serviços domésticos; os que estavam em conexão com os de limpeza, transporte, viagem etc., eram também *profanação* para o sábado.

No capítulo da limpeza e asseio do corpo, entre outros detalhes, estipulava-se que "o corpo não devia ser *mirado* dentro d'água, nem *esfregado* com toalha; não se devia carregar ou transportar o sabão, nem os chinelos ou tamancos, nem olhar-se em espelho".

Quanto ao transporte, não era pecado levar alguém *vivo*, dentro de um esquife ou cama vazia.

Era pecado carregar um *cadáver* ou qualquer membro do corpo humano.

Se alguém, por motivo de casamento ou enterramento, se achasse longe de sua casa, ao advento do sábado, devia proceder com todo o cuidado para não *quebrar* o dia ou *contaminar-se*.

Assim os preparativos de casamento ou funerais eram sempre apressados *e não na véspera do sábado* (na sexta-feira), para evitar a profanação do sábado: pela contaminação do defunto, em caso de funeral, pelo que, nunca se devia tocar membro algum de um cadáver, podendo-se até deixá-lo "com os olhos abertos e os queixos por cerrar ou amarrar"; em caso de núpcias pelos festejos consecutivos às bodas que podiam prolongar-se além da hora legal.

Uma *distância legal* foi marcada — a chamada *jornada de um sábado*, de cerca de 2 mil côvados (1,36 metro ou cerca de 1,5 quilômetro).

Para evitar a profanação do sábado com o aumento da jornada, estabeleceram-se "Casas de Oração" em todos os principais centros onde não haviam sinagogas. Quando não existiam estas ou ficavam além dos limites da jornada do sábado, casas particulares de cidadãos conceituados eram erigidas em "Casas de Congregação" (Battey Kenesiyoth).

A *Michná* inclui a profanação do sábado entre os mais horríveis crimes, digno de apedrejamento e, por tal motivo, regras especiais, guardadas com meticuloso cuidado, eram exigidas não só quanto aos afazeres do dia, mas também quanto à sua guarda, cuja quebra importava em *pecado* e *punição*, podendo estes serem remidos pela oferta da *qorban* ou *oferenda do pecado sabático*.

O capítulo VI do Tratado Sabático dá o regulamento para os afazeres e serviços que devem ser feitos de modo a guardar legalmente o dia (na suposição do seu começo matinal).

Assim, no campo, logo de manhã cedo, o primeiro trabalho é o de cuidar dos animais; estes, para participar do Repouso, deviam ser "deixados livres" sem arreios ou ornamentos, com exceção dos que fossem necessários à segurança dos mesmos animais ou para distinção uns dos outros, sendo tudo o mais considerado como carga e, portanto, *ilegal*.

Para o campo, como para a cidade, eram exigidas certas particularidades, desde o levantar da cama até à hora em que terminava o dia.

Assim eram proibidos: os vestidos compridos, de cauda, porque exigiam que fossem carregados ou tomados com as mãos, para não arrastarem.

Os ornatos, enfeites, pentes, grampos, travessas, broches, bolsinhas, leques, não eram permitidos. Uma senhora podia andar, dentro de sua casa, com cabelos ou dentes postiços, mas não podia usá-los fora de casa. Não se devia olhar para espelho "porque podia deparar-se com um cabelo branco e desejar arrancá-lo, ou cortá-lo", o que constituía profanação do sábado. O pai ou mãe podiam tomar os filhos nos braços para acariciálos, mas se as crianças estivessem segurando qualquer brinquedo, pedra ou outro objeto, era pecado "semelhante ao carregar, em dia de sábado, brinquedo, pedra ou objeto parecido". Cf. Nicolau H. Rodrigues, *Lendas e costumes hebraicos*.

Salmos — livro da Bíblia composto dos cânticos, em quase sua totalidade, atribuídos ao rei Davi (século XI a.C.). Para essas críticas modernas, os Salmos foram elaborados em época anterior ao cativeiro da Babilônia.

Ao iniciar o estudo do Livro dos Salmos, escreveu o ilustre padre Leonel Franca S. J.:

> Nenhuma outra religião da antiguidade nos legou, como a de Israel, uma coleção de poemas sagrados tão rica e de tão rara beleza. Além de preciosos documentos, estes versos ainda hoje vivem e atuam na Igreja. Nem disto se maravilha quem considere não serem eles frutos da inteligência humana mas inspirações do Espírito Santo. A esta origem divina devem eles principalmente a força e o segredo de elevar a alma a Deus, despertar nela piedosos e santos afetos, ajudá-la a dar graças a Deus nos momentos felizes e infundir-lhes consolação e coragem na adversidade. Inestimável dom de Deus são estes poemas sagrados do Antigo Testamento, reunidos quase todos no Livro dos Salmos. Aos ministros sagrados que os

recitam no Ofício Divino, lembram eles, cada dia, não só a majestade infinita de Deus, a sua justiça incorrutível e a sua imensa bondade, senão ainda a própria fraqueza e indulgência. São ainda fórmulas de oração, de rara eficácia, para impetrar o auxílio divino.

Salomão — Muito antes de subir ao trono de seu pai Davi, já era Salomão admirado pela inexcedível sabedoria. Antes mesmo de atingir a adolescência, revelara Salomão as qualidades de caráter que adornavam seu espírito privilegiado: alto sentimento de justiça, simpatia no trato, delicadeza de atitudes, inabalável fé nos preceitos religiosos e incondicional caridade com os humildes. A fama que aureolava seu nome deu origem a numerosas *haggadahs* (lendas, tradições), algumas das quais aparecem nas páginas da *Sche-hal-pê* (tradição oral); várias outras *haggadahs* são narradas na *Sche-bich-tab*. (tradição escrita). A famosa história intitulada "O braseiro do rio Cedron", incluída no final deste livro, é uma das muitas *haggadahs* de Salomão.

Santo — Os judeus não pronunciam o nome de Deus, e quando se referem ao Criador dizem o "Santo".

Sanhedrim (do grego *Siprédia*, assembleia) tribunal. — Sob o nome de Sanhedrim devemos distinguir: 1º — o famoso tribunal israelita; 2º — uma das subdivisões do Talmude.

Schema — Veja p. 9.

Schichecht — Funcionário religioso; matador de galinha; circuncisor.

Schnorrer — mendigo profissional. Indivíduo astuto, cheio de manhas, que os ídiches consideram importuno e indesejável.

Scholem Aleichem — A paz sobre vós. Saudação. Veja: ídiche.

Sinagoga — Termo grego correspondente a convocação. Organização religiosa israelita ou a sede dessa organização.

Tahanith (jejum) — uma das subdivisões do Talmude. Contém um grande número de lendas e anedotas.

Talmude — Talmude e o Pentateuco são dois livros tradicionais para os judeus. O Talmude é uma coleção de leis, tradições e costumes israelitas divididos em duas partes: a *Mischná* e a *Guemara*. A *Mischná* ou "Segunda Lei" é o compêndio das leis orais redigidas pelo Rabi Jerouda-Ha-Nassi, o Santo, por ocasião da fundação da Academia de Tiberíades (469 da era judaica). Subdivide-se em seis partes: *Zerabim*, que trata do cultivo de sementes e plantas e das regras para o pagamento dos dízimos e primícias; *Moed*, referente às festas e tempos; *Naschim*, dedicado às mulheres, dissertando sobre esponsais, matrimônios e divórcios; *Nezikim*, sobre contratos mercantis e outros fatos, danos e prejuízos; *Kodashim*, das coisas santificadas e serviços do Templo; *Teharoth*, das coisas limpas e imundas. A *Guemara* ou Suplemento, do Rabi Joachanan, é o comentário de todos os assuntos da *Mischná*. Ao Talmude de Jerusalém se pode juntar o de Babilônia, redigido em 504 (era judaica) por Ascheb e Rabina e concluído pelo Rabi Jehosueh.

Tana — mulher tanaíta.

Tanaíta — no plural *tanaim*, vocábulo derivado do aramaico, *tani*, ensinar. Tal nome era dado aos doutores da Torá no período que compreende os dois séculos logo depois de Cristo. Os comentários, sentenças e interpretações dos *tanaim* foram incluídos na *Michná* de Judas, o Santo.

Torá — em sentido amplo designa "lei", "ensinamento". Em sentido mais restrito designa o conjunto da lei, escrita e oral, isto é, a Bíblia, a *Mischná* e o Talmude. Em linguagem corrente pode designar apenas o Pentateuco, que é a Torá de Moisés. Os cinco livros, chamados legais, do Antigo Testamento, formam o Pentateuco — do grego pente, cinco, e teucos, volume. No Pentateuco Moisés, libertador e legislador dos hebreus, divinamente inspirado, narra as origens do mundo e a história do povo de Deus até o momento em que os israelitas estavam prestes a entrar na Terra Prometida.

Os livros que constituem o Pentateuco são: I — o *Gênesis* — Conta a história da criação do mundo até a morte de José e o nascimento de Moisés. A palavra Gênesis significa princípio. II — o *Êxodo* — em grego êxodo significa saída. É o segundo Livro do Pentateuco. Conta o cativeiro dos israelitas no Egito, o jugo dos faraós e o termo da escravidão, com todos os milagres que envolveram, nesse período, o povo de Deus. É narrada ainda, no Êxodo, a promulgação da lei do Sinai. III — *Levítico* — assim denominado por ter sido escrito para a tribo de Levi. Contém as leis referentes ao exercício do culto. IV — *Números* — quarto livro de Pentateuco. Narra os principais episódios ocorridos com os israelitas até à conquista da parte da Palestina situada a este do Jordão. A denominação Números resultou do fato de estarem ali indicados os totais numéricos dos guerreiros de Israel. V — *Deuteronômio* — quinta e última parte do Pentateuco. A palavra Deuteronômio significa "segunda lei". Este livro não encerra narrativas e sim os discursos pronunciados nas planícies de Moab, em frente de Jericó.

Torá de Moisés — É possível acompanhar a marcha da Torá através dos séculos? Podemos ler em "Pirké", de Rabi Eliezeu, I, 1, 2, estas singulares indicações: "Recebeu Moisés a Torá no alto do Sinai. Recebeu-a das mãos do Eterno e transmitiu-a a Josué. De posse da Torá, Josué a transmitiu aos Antigos. Os Antigos fizeram com que a Torá fosse entregue aos homens de Grande Assembleia. Na Grande Assembleia figurava Simeão, o Justo, e coube a este o encargo de entregar a Torá a Antígono de Soho. Recebeu-a, depois, Rabe Jehouda, filho de Tabbai. Desse rabi passou para Shemayah e Abtalião, e assim por diante. Cf. Léon Berman, *Contes du Talmud*, p. 15.

Tunnen — jejum.

Vayikra Rabba — uma das subdivisões do Talmude.

Vizir — ministro de um soberano árabe; auxiliar do governo.

Xibolet — Significa "espiga". Por causa do episódio famoso citado na Bíblia (Juízes, versículos XII, n° 6), o termo "xibolete" passou a designar qualquer expressão que possa servir para caracterizar a forma de falar de uma certa região ou Estado. Assim, a expressão "marechal Carlos do Pinhal" é um *xibolet* para os paulistas. Uma pessoa do interior de São Paulo denuncia a sua origem ao enunciá-la e diz, em geral: "Marechar Carlos de Pinhar". O termo barbaridade é um *xibolet* para o gaúcho. A expressão "Meu tio viu o rio" é um *xibolet* para o carioca.

Yalah! — exclamação árabe: Por Deus!

Yalkut — Coletânea de comentários, lendas e anedotas colhidas no Talmude e no folclore israelita. É de presumir que o Yalkut tenha sido redigido no século XIII, muito embora nele figurem fragmentos e trechos de autores bem antigos.

Yoma — o dia — uma das subdivisões do Talmude. Contém as determinações relativas ao dia da expiação.

Zaddik — tal denominação era dada aos chefes de certas seitas israelitas. Eram chamados *zaddikins* ou justos. O *zaddik* era um guia espiritual: dava conselhos, pedia esmolas para os pobres e orientava os crentes sobre pontos difíceis de doutrina. Alguns gozavam de grande fama e foram apontados como milagrosos. Cf. Lewis Browne, *Sabedoria de Israel*, p. 491.

Zohar — denominação dada ao comentário esotérico do Pentateuco. Parece ter sido compilado por um judeu chamado Moisés de Leon. Zohar significa "fulgor". Cf. "Sabedoria de Israel", p. 387.

Este livro foi composto na tipologia Bembo Std.
em corpo 11,6/16, e impresso em papel
off-white 80g/m² no Sistema Cameron da
Divisão Gráfica da Distribuidora Record.